KB261965

하나가 된다는 것은

하나가 된다는 것은

| 문호근 씀 |

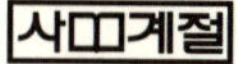
사□계절

책을 내면서 ···

아무 말도 없이 그가 저희 곁을 불쑥 떠난 지 벌써 2년이 되었습니다.

이 세상과 저 세상은 사람이 살아가는 방법이 다르겠거니, 그래서 서로를 생각하는 법도 다르겠거니, 저 혼자의 가슴에만 그를 새기고 살아야겠거니 생각하며 쉽지만은 않은 시간을 보내고 있었습니다.

하지만 그가 떠나버린 이 세상에 그는 많은 것을 남겨두었으며, 참으로 감사하게도 그를 생각하는 많은 분들이 계셨습니다. 그분들께서는 그의 2주기週忌를 맞이하여 그를 기억할 수 있는 여러 형태의 일을 제안했습니다. 그 중 길지 않았던 생애에 그가 써 놓았던 글과 편지 중 한 부분을 골라 책으로 엮어보자는 제안 덕택에 이렇게 서간집이 햇빛을 보게 되었습니다.

아버님(문익환 목사님)께서 감옥에 계실 때 어머님은 정말 정
성스럽게 매일매일 번호를 매겨가며 아버님께 편지를 쓰셨습
니다. 그러나 양심수 석방 운동을 위해 출국을 하시는 등의
일 때문에 가끔 편지를 쓰지 못하신 날도 있었습니다. 그럴
때 그가 어머님 대신 아버님께 쓴 편지를 모아 오늘 이 한 권
을 엮어 보았습니다.

이 편지들을 통해서 우리는 그에 대한 기억을 곁에 둘 수 있
고, 그가 살았던 시간을 떠올리게 되고, 또한 불우했던 시대
를 돌아보게 됩니다. 이 책으로 그의 일부분이 계속해서 이
땅에 남아있고, 그와 같이 호흡할 수 있다는 생각이 들어 큰
위안이 됩니다.

책이 나오기까지 도와주신 "樂" 코리아 여러분들과 여러 가지
일로 여념이 없으심에도 불구하고 마음을 다해주신 (주)사계

절출판사 강맑실 사장님과 관계자 여러분께 가슴 깊이 감사
의 말씀을 드립니다.

2003년 봄

아내 정은숙 · 아들 문용민

아버님께,   6월 12일.   3.23신

　12인 광주대표의 "동학 실천 학생 연맹 발족식"은 큰 의미 있었습니다. 광주 5개 대학 (그중 셋은 전남대임) 발기로 구성된 이 "연맹"은 동학은 행해 가는 라정상 우리가 해결해야 할 사이는 문을 "동학"라는 관점에서 바라보며 극복해 나가자는 취지인데, 반전, 반핵, 민족 자주의 성격을 강하게 띠는 것이었습니다. 지난 토 위시는 몇 사람 이름들이 경찰 조사에서 1로 학생 간부의 분설. 하복 내지는 본인은 열려 하고 있었고, 이들 학생 운동을 노출로 연상이 내게 지지 면설을 하기 (중략) 광주 운동권이 지자체 선거를 위한 단식 투쟁을 전개하고 있고, 한 쪽에서는 시위가 겹쳐 있는데, 학생 민주화 투쟁 오래에 시작되어 이 "연맹"이 과연 무얼 할 수 있을까 (중략) 아직 "동학"라는 주제가 광범위하게 공감 대를 얻지 못하고 있는데, 이를 선도적으로 복구시켜 내려 한다니, 전남대 생들 보다 대중적으로 접근해 내었으면 하는 의견이 없는 것인지 모르겠습니다.

　지신과 가까워 진 것이 이번 여행에서 즐거운 일이었습니다. 항상 옥 몇몇 분화 관계 인사들과 술자리에 같이 앉게 되었기 때문. 대개 보니 수 십명 같은 거의 겹쳤네다. 우리 시게 같은 것이 옥, 김 선우, 문정근, 김홍래, 등등과 "개편"을 한번 진득히 보았으면 하겠는가 이야기하고 웃었습니다.

　민족 정부 수립을 위해 협력하면서 국정 경륜도 연대 교류 할 수 있는 유연성을 발휘해야 한다고 똑보하는 것이었습니다. 전국 연합은 이번에 너무도 고통을 많이 받고 있는 것 같았습니다. 끝내 무엇을 추상하는 제목 기 때문 이해는 자꾸 제각 스러지 하는 것 같은 분위기 있습니다. 충분히 이해가 되는 일이었지요.

　전국을 좀더 폭 넓으면서 연합 조직 대중 단결을 외치 고는 뜻이 이루어지기를 기도합니다.

　광주를 떠나기 위해 발기 하는 터미널을 걸어서 광주 대학의 일을 맞게 따라 주시네 옮고 있노라. 이렇게 별 잘 것은 없지만 진지하게 보냅니다. 아버님이 젊은 늘 나와 아버님께 별 쓰느라고 마음이 이제 이해가 되는 군요.
　광주의 희망을 이렇게, 든든히 돕니다.
　　　　　건강 하시기를   막내 드림

아버님께

1987. 12. 12.

사랑의 하나님,

한 해도 저물어가는 이때에, 주님께서 세상에 오신 성탄절을 앞두고, 귀한 집회를 마련하게 하시고 귀한 종을 보내시어 복음의 참뜻을 새롭게 깨닫게 해주시니 감사드립니다.

이 어두운 세상에 예수님마저 오시지 않았다면, 세상이 얼마나 더 어두울까 생각하면서 다시 한 번 감사드립니다.

우리는 지금 우리의 어두운 현실 앞에 빛으로 오신 예수님을 다시 맞이하려 합니다.

이 나라는 본의 아니게 허리가 잘려서 이북은 이북대로, 이남은 이남대로 독재정권의 쇠사슬에 매여 신음하고 있습니다.

같은 민족이 서로 원수시하며 헐뜯고 있습니다.

이 갈라진 민족과 국토가 하나로 이어질 수 있도록

주님 우리 마음에 오소서.

긴급조치가 나라를 다스리는 상황 속에 학원에서 쫓겨난 많은 정의로운 학생들을 위해 주여 오시옵소서.

가르칠 교단을 잃어버린 많은 양심적인 교수들을 위해
주여 오시옵소서.
붓대를 꺾인 많은 슬기로운 기자들을 위해 주여 오시옵소서.
직장을 빼앗기고 저임금에 허덕이는 많은 용감한 직공들을
위해 주여 오시옵소서.
갈수록 살기 어려워져만 가는 순박한 농어민들을 위해
주여 오시옵소서.
바른말을 하다가 옥에 갇힌 젊은 학생들, 성직자들, 민주인사
들을 위해, 주님은 어서 이 땅에 오셔야겠습니다.
지금도 차디찬 감방에서 민주주의 회복의 날을 꿈꾸며 주님
을 기다리는 그들을 위해 하루빨리 이 땅에 오셔야겠습니다.
저희가 주님을 목마르게 기다림은,
교만한 인간들이 바벨탑을 쌓고
거짓으로 일관하는 그 거짓을,
주님의 강한 팔로 흩으실 것을 믿기 때문입니다.
저희가 주님을 목마르게 기다림은,
힘 가진 자들이 우리의 보잘것없는 이들을
학대하고 강압하고 지배하고 있기 때문입니다.
주님을 목마르게 기다림은,

주께서 권세 있는 자들을 그 자리에서 내치시고

보잘것없는 이들을 높여주실 것을 믿기 때문입니다.

가난을 몸소 체험하신 주님,

이 땅의 배고픈 사람들을 좋은 것으로 배불리시고

이 땅의 부를 독차지하고 있는 자들을

빈손으로 돌려보내 주소서.

이 땅의 교회가 부를 독차지하는 사람들을

따라가지 않게 하시옵고

진정으로 예수님을 맞이할 수 있도록 해주시옵소서.

칠흑 같이 어두운,

그믐밤 같이 어두운 이 현실 앞에

동방에서 비치던 별빛으로

우리에게 오시옵소서.

정의의 주님,

오늘은 12월 12일 선거놀음의 날입니다.

선거가 백성의 의사와는 상관없이

여당 3분의 2, 야당 3분의 1 의석이 사전에 확정되어 있는

한 표짜리 국회의원이 우수수 쏟아져 나올 판인데도

허수아비 같은 국민은 아무 생각도 하지 못하고

그저 하라는 대로 끌려다니는 처지가 되어버렸습니다.

햇빛 같으신 주님,

이제 곧 대통령 취임식이 이 땅에서 벌어지려 합니다.

그날을 기하여 대사면을 한다고 선전하면서도

양심을 지키려다 옥에 갇힌 사람들에게

양심을 저버리고 각서와 전향서를 쓰라고 강요하고 있습니다.

외국 원수들이 혹시 99.9%라는 전례 없는 지지율로 당선된

대통령을 축하해 주러 오지 않을까 봐

그것이 두려워 이 땅의 위정자들은 전전긍긍하고 있습니다.

그런데도 정부는 이런 떳떳치 못한 일을 감추려고

바른말 하는 사람들을 감시하고, 예배드리는 교인들을 미행

하고, 젊은이들이 모이는 곳에 수십 수백 명씩 대기하고, 홍

성에 간첩이 나타난 지 한 달이 지나도록 잡지 못하고 국민을

불안 속에 몰아넣고 있습니다.

채찍을 들어 성전을 더럽힌 불량배들을 쫓아내신 주님,

주님의 그 뜻을 받아

지금도 용솟음치는 힘으로

서울에서, 전주에서,

광주, 부산, 원주, 대구에서

들불같이 일어나고 있는
젊은이들의 정당한 요구,
정의와 자유를 외치는 소리가
이 땅에 실현될 수 있도록
주여 오시옵소서.
감방의 추위도
감방의 어두움도
감방의 외로움도 무서워하지 않는,
우리 젊은이들이 있는 한
주님께서 이 나라를 버리지 않으실 것을
저희는 믿습니다.

맏이 올림.

이번 4·19는 유난히 날이 화창했습니다. 집집마다 목련이 흐드러지게 피었다가 지기 시작합니다. 공터 앞집의 자목련은 그 중에서도 더욱이 아름다운 자태가 돋보였습니다. 그 공터로 많은 젊은이들이 오후 늦은 시간에 지나가더군요. 어머니는 하룻동안에 세 번이나 묘지로 오르내리셨구요.

마침 부활절이 겹쳐서 한빛교회도 오랜만에 교인들이 차고 넘쳤습니다. 예배가 끝난 후에는 할머니, 작은 어머니를 모시고 묘지에 다녀왔습니다. 매우 어수선한 시기에 날씨만 화창하다는 게 무슨 아이러니처럼 느껴졌습니다.

세종문화회관에는 로얄 발레단이 와서 공연 준비를 하고 있더군요. 옛 친구들을 만나러 오후에 잠깐 들러봤습니다. 6, 7년 만에 만나는 얼굴들. 조금씩 잔주름은 더 잡히고 뱃살은 늘어가고……. 서울의 변화와 런던의 변화에 대해 한담을 나누었습니다. 로얄 발레단의 이번 공연 작품은 동아일보에서 주최하는 차이콥스키의 「잠자는 미녀」입니다. 늘 그랬던 것처럼…….

늘 건강하시길 기도하며,

많이 올림. 

6월에 있을 저희 음악극 페스티벌에 박성원, 박수길, 정은숙 세 사람의 음악회 협의차 국립극장에 다녀왔습니다. 세 사람이 각기 한국말로 번역된 서양 레퍼토리와 국악으로 반주하는 한국 레퍼토리로 노래를 하고 청중과 자유토론의 시간도 가질 계획입니다. 모두 바쁜 와중에도 기꺼이 출연을 응락해 주셔서 고마웠습니다.

국립극장에서는 어떤 미국인이 연출한 로니제띠의 「루치아」를 공연하고 있었습니다. 연출에 대한 기본 감각도 없이 잔재주로만 연출하는 사람을, 비싼 돈 줘가면서 연출자라고 불러다가 공연하는 저희 무대예술의 수준에 정말 한심함을 금할 길이 없습니다. 한국에는 저런 잔재주조차 피울 줄 아는 연출자가 없단 말인지……. 아마 없겠지요. 제가 하는 일 역시 어딘가 어색해 보이고 실제로 기법이 성숙되지 못해 빈구석이 자꾸 드러나네요.

지윤이가 가사실습 때문에 집을 비워서 바우 혼자 집을 봤습

니다. 할머니 댁에 가 있으라 해도 괜찮다고 우기더니 저희가
10시에 들어갈 때까지 혼자 숙제를 하고 있더군요. 이젠 정말
다 컸구나 하는 느낌이에요. 아버지께서 오래전에 바우에게
편지를 쓰시면서, "너도 언젠가 글을 읽게 되면 내 뜻을 알겠
지……" 하는 내용이 있었지요. 바우가 글을 읽고 쓰게 된 건
물론이고, 아버지의 뜻을 알게 될 날도 멀지 않은 듯합니다.
저의 공연은 악조건 속에서도 작품의 숨은 뜻을 살려보고자
고군분투하고 있습니다.
주님께서 늘 보호해 주시길 기도하며,
만이 올림.

이제 완연한 봄입니다. 아버님을 뵈온 지 벌써 여러 달인데, 이번 달에도 또 못 가뵙게 될 것 같아 마음이 무겁습니다. 연구소를 시작했을 당시, 뜻을 같이했던 사람들이 하나둘 개인 사정 등으로 떨어져나가고 새로 들어온 사람들은 아직 손발이 맞지 않아, 힘들고 때로는 외로운 생활입니다.

믿고 일을 맡겼던 사람들에게서 제대로 되지 않은 상태로 돌아와 그것을 또다시 제가 떠맡아 해결해야 할 때는 인간적인 배신감까지 느껴집니다. 그러다 보니 일이 짜증스럽기도 합니다만 참고 참으며 한 가지 두 가지 만들어가려 합니다.

연극 연출가들의 모임인 서울 연출가 그룹에서 저를 정식 회원으로 추천하여 회원이 되었습니다. 한 달에 한 번씩 모여 친목을 도모하고 술 마시며 의견 교환도 하지만, 동숭동 문화의 거리가 사치와 퇴폐로 흐르는 것에 항의성명을 내는 등 의식적인 활동을 펼치기도 합니다.

아직은 깊은 문제를 다룰 정도로 성숙한 모임은 아니지만 앞으로 중요한 기능을 할 것으로 기대합니다. 예컨대 비슷한 그룹이지만 극평가 그룹이나 연기자 그룹 같은 곳에서는 아무런 활동도 못하고 있거든요. 자신들 본연의 활동(극평가는 극평, 연기자는 연기) 외에는 하는 것이 없으니까요.

「허생전」을 연출하면서(너무 짧은 시간 안에 만들다 보니 공부할 시간이 많진 않지만) 조선조 사회를 관심 있게 들여다봅니다. 병자호란 때의 남한산성 항복을 치욕스런 사건으로만 볼 뿐, 그 일에 대해 대국적 견지에서의 대처가 없었던 점을 보면서 우리 민족의 현실감각에 정말 답답한 심정을 갖게 됩니다. 국제적인 거대한 힘에 대해 그것을 힘(현실)으로 인식하지 못하고 무작정 감정적으로만 대적할 수 없었다는 사실이(병자호란 이전이나 이후나)…….

어머니는 주변 여러분의 경조사에 참석하시는 일로도 굉장히 바쁘십니다. 연우무대 오픈 축하파티 같은 데도 꼭 잊지 않고 참석하시구요. 은숙은 지방 연주 중에 감기로 고생한 모양입니다. 7일에 또 호암 아트홀에서 오현명, 백남우 등과의 연주가 있습니다.

오늘은 이만 줄입니다. 주님께 모든 일을 맡기며,

맏이 올림.

민예총 일로 바빠져 자주 찾아뵙지 못하게 되어 이렇게 편지를 드립니다. 앞으로 갈수록 더 바빠지겠지요. 여기저기 새로 얼굴을 디밀어야 할 곳도 생기겠고요.

어제는 한마당 예술극장이 혜화동으로 옮겨 개장 축하 고사가 있었습니다. 100명이 들어앉으면 꼭 차는 비좁은 공간에 문화운동패 중에서도 알 만한 면면들은 죄다 모여들었습니다. 백기완, 김종철 두 분의 덕담이 있었고, 돼지머리 앞에 막걸리 붓고 절한 다음, 국악패와 정태춘, 예울림 등의 공연이 있었구요. 소리사위 '시나위' 사물놀이팀은 아주 젊은 패인데, 김덕수 사물놀이의 정교하고 거의 공교롭기까지 한 연주와는 판이한, 힘과 열기로 다져진 모습이었습니다. 우리 문화패의 기량이 하루가 다르게 발전되는 모습을 보면서 마음 든든했습니다.

한마당은 신촌시대를 마감짓고 동숭동으로, 민예총은 인사동 시대를 마감짓고 광화문으로 이사했습니다. 세종문화회관 뒷

편인데, 시립오페라단 사무실을 마주보는 이곳으로 오고 보니, 같은 광화문이지만 너무도 크게 달라진 모습으로 돌아왔구나 하는 생각이 자꾸 듭니다. 이곳에서 새롭게 정비된 민예총의 모습을 보이고 싶어, 매일 아침 8시에 출근해 생각을 가다듬습니다. 아직 우리 식구들이 출근하려면 두 시간이 남았습니다. 광화문의 아침 두 시간은, 그래서 저와 민예총과 많은 동지들을 위해 조용히 생각을 정리하는 시간으로 삼으려 합니다.

성근이가 한겨레에 쓰는 소박한 글을 읽으면서 힘을 얻습니다. '문필'을 넘보지 않는 성근의 태도가 그렇게 좋은 글을 쓰게 하는 것이겠지요. 제 안에서 털어내야 할 것이 많이 있음을 느낍니다.

JPIC(정의, 평화, 창조질서의 보전운동) 일에 백의종군하고 있는데, 백의종군이라는 뜻을 다시금 마음속에 새기는 나날입니다.

바깥일 너무 마음 쓰지 마시고 건강하세요.
만이 올림.

감옥에 계시다는 것이 은숙의 공연을 못 보시는 것을 의미한다고 언젠가 말씀하신 일이 생각납니다.

푸치니의 「토스카」를 했는데, 오랜만에 연습장, 공연장을 따라다녀 보면서 한국 오페라가 언제까지 이토록 한심한 상태로 있어야 하는가 하고 가슴이 답답했습니다.

서양문화를 우리 것으로 소화해야겠다는 '의지'가 작용하던 시기가 지나자 서양문화가 아무런 여과 없이 직수입되었고, 그저 '수입'일 뿐이므로 잘 만들어보자, 혹은 제대로 해보자고 욕심을 내는 사람들이 없어진 것이겠지요.

민주주의도 마찬가지인 것 같습니다. 미국식 민주주의의 국내 토착화가 목표였을 때는 그래도 잘 해보자는 의지가 강했는데, 목표가 상실되면서 대책 없이 허물어져만 가는 것이 아닐까요.

서서히, 하나하나 새로 만들어가야 할 것입니다.

멀리 가기 위해, 바둑 용어를 빌리면 '형세 판단'을 정확히 하고 필승을 다짐하기 위해 장고長考에 들어가 있는 셈이지요.
이대로 밀어부치느냐, 세의 불리를 깨닫고 승부수를 띄우느
냐. 밀어부치려면 어디부터 손을 쓰느냐, 뭐 이런 장고 말입
니다.

어머님께 일주일에 한 번은 꼭 편지를 쓰기로 약속드렸으니
지켜야겠지요. 길지 않게, 그때그때 쓰겠습니다.

건강하시긴 하나 많이 쇠약해지신 듯해 안타깝습니다.

힘 내시길 기도합니다.

만이 올림.

이번 편지는 조금 늦었습니다. 지난 주말에 '하나가 된다는 것은'의 공연으로 기진했던 모양입니다. 공연 전문 경험이 없는 사람들과 함께 꾸미다 보니 여러 가지 부족한 점이 나타나고, 그래서 제가 더욱 애를 태웠던 듯합니다.

그런 데다 이번 주말의 노동자대회에도 관여치 않을 수 없게 되었구요. 이 일은 그냥 기술적인 자문 정도만 해주는 것이지만 워낙 큰 행사이기에 꽤 신경이 쓰이네요.

그만큼 일했으면 후배들에게 맡기고 밖으로 도는 게 좋다고 충고하는 사람들도 있지만, 솔직히 저는 '후배들에게 쫓겨날 때까지' 현업現業에서 뛰고 싶습니다. 다들 너무 일찍 현장에서 물러나 앉거나, 남을 지도하려만 드는 것은 옳지 않다고 봅니다. 후배들의 일자리를 가로막고 있다고 볼지도 모르지만, 적어도 우리 일에 있어 저 정도의 전문성과 경험은 있어야 일이 일답게 된다는 점을 보여줘야 할 필요도 있는 거니까요.

얼마 전부터 불교에 관한 책을 조금씩 읽고 있습니다. 지금은 정의행이 쓴 『한국불교통사』를 읽고 있습니다. 바쁜 틈틈이 읽기 때문에 속도는 매우 더디지만 우리의 역사를 불교-민중의 시각에서 새롭게 정리해 보는 것도 아주 즐거운 경험인 듯합니다.

글을 많이 쓰신다고 하셨는데, 그 내용이 궁금하군요.

건강하시고, 활기 잃지 않으시기를 기도하면서,

맏이 올림.

1991. 11. 18.

차일피일하다가 편지를 한 번 걸렀습니다.

어제는 제 생일이었는데, 해마다 생일 무렵이면 거의 예외없이 무슨 공연이 겹쳐서 제대로 지내지 못하다가 모처럼 가족끼리 모여 앉을 수 있어서 즐거웠습니다. 하긴 이번에도 은숙의 오페라 준비 때문에 음식점으로 나와서 먹기는 했지만요.

아무튼 마흔다섯이 되는 날이었습니다. 생일의 의미를 따로 되새겨 볼 기회가 별로 없었는데, 날이 다 지나고 오늘 새벽녘에야 문득 생일의 주인공은 제가 아니라 어머니가 되어야 한다는 것을 깨달았습니다.

생일은 본인에게 무슨 특별한, 뭔가 특권을 부여받은 날처럼 느끼게 마련입니다. 하지만 사실은 가장 큰 은혜를 입은 날임을 알게 된 것이지요. 너무도 당연한 이치를 이제야 깨닫다니…… 오늘 마흔다섯이 된 저의 궁리가 이렇듯 좁군요.

그 바쁜 중에도 성근이 와서 같이 지냈습니다. 너무 바빠서 선집 만드는 일을 같이하기 어렵다 하고, 의근도 머뭇거리고

있어서, 의근에게 서신 부분만이라도 일독하고 좋은 걸 뽑아
봐 달라고 했습니다. 아무래도 제가 시간을 많이 내야 할 것
같습니다.

음악극연구소 활동을 재개하면서 기초 테크닉에 관한 강좌
를 열었는데, 학생들도 많고 강좌에 대한 열기도 높아 출발
이 좋습니다. 워낙 기초 테크닉 없이 활동하다 보니 우리 활
동가들이 기초 교육에 몹시 목말라하고 있었나 봅니다. 내년
봄을 위해 신동엽의 「금강」 극화 작업에 들어가려 합니다.

추위를 넉넉히 이겨내시길 기도하면서,

만이 올림.

1991. 11. 25.

13년 전에 제가 연출했던 「일 트로바토레 Il Trovatore」를 이번에는 불란서 친구가 연출했습니다. 연출의 의도에는 제법 그럴듯하게 이야기를 써놓았는데 실제 무대는 말도 안 되는 것이었습니다. 내전, 더구나 그것이 포악한 집권세력에 항거하는 것일 때 얼마나 처절해질 수밖에 없는가. 베르디는 그 처절함 속에서도 낙관과 힘을 잃지 않는 '민중'을 그려냈던 것인데……, 전쟁은 장난감 병정놀이일 뿐 이 젊은 불란서 청년은 그것이 무엇인지 전혀 알지 못합니다. 오늘날 유럽이 태평성대를 누리기 때문에 실감 못하는 것은 아닐 테지요. 이번에 온 청년이 왜소한 인물인 탓이겠지요.

은숙이는 이번에도 수준작이었습니다. 그 페이스를 그렇게 유지해 나간다는 것이 얼마나 어려운지요. 대견하고 장하게 여겨집니다.

내년에는 저에게도 다시 오페라 쪽 일이 위촉되어 올 것 같습니다. 내년도의 정세나 제가 지난 몇 해 동안 해온 일의 흐름으로 보아 과연 일을 맡는 것이 옳은지 어떤지 모르겠습니다. 음악극연구소 작업으로 복귀하면서 지난 몇 년의 일을 계속 하는 것이 어떨까 하는 생각도 들고요.

바우는 독서가 어찌나 빠른지, 『동의보감』 세 권을 학교 왔다 갔다하는 틈새에 2, 3일 만에 뚝딱, 김진계 님의 『조국』 상하 권도 이틀 만에 뚝딱, 정말 놀랍습니다. 이번에는 시험 성적 도 올랐고, 자기 생활을 계획성 있게 꾸려낼 줄도 알고, 아빠 엄마가 늦게 돌아오면 혼자 저녁 먹고 설거지까지 깨끗이 해 놓는 등 건강하게 자라고 있답니다.

추위가 걱정이지만, 모든 일을 주님께 맡깁니다.

맏이 올림.

민가협 공연을 힘겹게 마쳤습니다. 그동안 많은 공연 연출을 해왔지만 지난번 통일인사 가족 모임과 이번 공연은 유난히 힘들었습니다. 합동공연에 쏟는 각 단체의 노력이 점점 줄어들면서 저에게 모든 책임이 떠맡겨진 탓이지요. 아무튼 이만큼이라도 성과를 거두었으니 만족하고, 앞으로 예술적으로 깊이 있는 작업을 해낼 수 있는 조직을 만들어가는 일에 힘을 기울이려 합니다.

얼마 전부터 저는 우리의 시문학을 소리로 만드는 일에 관심을 갖게 되었습니다. 그것은 한국말로 씌여진 어떠한 텍스트도 입에 올려서 예술적 흥취를 자아낼 수 없다는 점 때문입니다. 우리 소설이나 희곡을 입으로 소리 내어 읽었을 때 즐거움을 느낄 수 없다는 것이죠. 그런데 현재 우리의 시문학은 그 가능성을 보이고 있습니다. 무슨 말인고 하니, '문학' 하면 입에 올려 읽고 싶은 것이 당연한 출발임에도, 우리의 문학에서는 소설, 희곡은 물론이고 시에서도 그런 것이 그리 많지 않다는 뜻입니다. 소리 내어 읽었을 때 흥취가 나는 시가 의외로 많지 않음을 알 수 있습니다. 그러나 적지만 있기는 있기에, 그것들을 진정 문학답게 누군가 읽어준다는 것은, 앞으로 우리 문학을 위해서뿐만 아니라 음악을 위해서도, 연극을 위해서도, 나아가서는 우리말 자체를 아름답게 가꾸어 나가는 일에 있어서도 핵심적 사업이 될 수 있으리라 봅니다.
일단 신동엽, 문익환, 김남주, 도종환의 시부터 작업해 보려고 하는데, 아버님께서 추천하실 시가 있으면 말씀해 주십시오.
공연 후 지친 상태에서 미루었던 원고를 밤새워 씁니다.
건강의 고삐 놓치지 마시기를 기도합니다.
맏이 올림.

주일인 어제는 교회에서(오랜만에 갔습니다) 삼촌 대신 이우정 선생님을 친구해 드리고, 바우와 은숙과 같이 이번에 민족미술상을 받은 손장섭 화백의 전시회를 보고, 무역회관에서 컴퓨터 그래픽 박람회에 들렀습니다. 거기서 예울림과 노동자 노래단의 합동공연을 보고, 오랜만에 수산시장에 들러 회를 간단히 먹고, 성탄절과 설에 쓸 생선을 장봐 왔습니다. 오랜만에 뻐근한 하루를 보냈습니다. '오랜만에'라는 말이 자주 나오네요. 마치 오랫동안 삶의 여유를 갖지 못한 채 쫓기듯 살다가, 모처럼 여유를 좀 부릴 수 있는 하루를 산 듯한 느낌입니다.

사실 좀 그렇기도 합니다. 민가협 공연 이후 어제 본 공연 외에도 민예총의 '우리 시대의 노래' 공연이 오늘부터 있는데 (재작년부터 우리 민중예술 진영에서 연말연시의 '떠다니는 대중'에게 무언가 해야 한다고 제가 주장해 왔는데, 이번 겨울에 일단 아쉬운 대로 그런 무대가 생겨나기 시작한 셈입니다), 저는 어느 공연에 대해서도 책임이 면제되어 있으니까요. 어제 공연만 해도(저의 눈에는 부족한 점이 많았지만) 상당히 깨끗하게 정리되었고 어느 정도의 세련성도 얻고 있었고요. 오늘부터 있을 공연도 아마 웬만큼은 되리라고 봅니다. 후배들에게 일을 맡겨도 된다는 뜻이겠지요. 책임이 저에게서 많이 덜어진 기분입니다.

그러나 오늘 새벽에도 무대연습을 위해 나가는 길입니다. 후배들의 일에 선배로서 기술적으로 지원할 것이 있으면 지원해 주겠다는 태도를 보이고 싶어서죠. 그들의 일에 '간섭'하지 않으면서 실질적 도움이 되고자 말이에요.

그리고…… 저는 이제 '새 일'을 찾아나서고 있습니다. 기대해 주십시오.

추위를 어떻게 나시는지, 늘 염려됩니다.

맏이 올림.

며칠 전 세 번째 결혼식 주례를 섰습니다. 이번에는 전교조 활동으로 맺어진 부부였습니다. 신랑은 노래패 활동을 하다가 지금은 지역활동을 하는 분이고 신부는 이수호 수배 생활 당시 많은 도움을 주었던 분이라고 합니다. 성문밖교회에서 전통 혼례로 하였는데, 양가와 전교조, 재야 그리고 학생들로 자리를 가득 메운 아름다운 모습이었습니다. 갓 석방된 이동진, 임무영 동지도 나왔는데, 임무영은 옥중에서 이수호 씨가 보낸 축사를 낭송하여 좋았습니다.

저는 '길눈이 말씀'이라는 말을 했습니다. 두 분이 "선생님" 하고 부르면서 동지로 사귀어왔지만, 이제부터는 동지임과 동시에 "여보, 당신"이자 양가의 며느리, 사위이며, 무엇보다도 아기를 낳아 키울 부모라는 것, 이러한 인간관계 속의 기쁨들을 충분히 누리고 즐기며, 그런 가운데 진정 민중의 삶과 기쁨을 알게 될 것이다, 이런 요지의 말을 했습니다.

삼 년 하고 지쳤다는 것은 이런 뜻인 것 같습니다. 삼 년쯤 하고 나니 그동안 몰랐던 너무도 많은 것을 깨닫게 되었습니다. 지금까지는 제가 제도권에서 익히고 습관화되었던 방식에 준해서 활동을 해왔지요(물론 그때그때 적응해 보려 노력도 많이 했습니다만). 그런데 이제는 더 이상 그런 식으로는 안 되겠구나 하는 것을 절감하면서, 이거 내가 영 엉뚱한 일을 해오고 있는 건 아닌가? 뭘 어떻게 착수해야 옳은지? 하는 일종의 혼란스런 단계에 와 있는 것이 아닌가 싶습니다. 그것이 '지친' 모습으로 나타나는 것이겠지요. 하지만 결코 지치지 않았습니다. 보다 신중해지고 보다 근본적인 데서부터 일을 풀어 보려 모색하는 시기로 여겨야겠지요.

건강하시다니 기쁩니다만, 늘 염려하게 됩니다.

건강하십시오.

만이 올림.

1992. 1. 27.

시낭송 연습은 지난주에 세 번 했습니다. 배우들이 모두 재미있어해 우선 다행입니다. 시 한 편 한 편이 갖고 있는 고유의 인격, 성정性情, 사상, 분위기들을 발견해 내고, 그 각개의 인격체들이 어떤 변화와 발전을 수행하는가를 모색해 보는 것은 즐거운 일입니다.

고은의 수많은 시 하나하나를 새로 발견하는 것이 어찌 즐거움이 아니겠습니까? 그리하여 시 한 편 한 편은 독자성을 가진 나무로, 그의 시집은 숲으로, 고은의 세계는 큰 산으로 파악됩니다. 그렇듯이 김남주의 산, 박노해의 산도 있습니다. 정희성의 산은 좀 야트막하고 깊진 않지만 따뜻하고 신경림의 산은 밋밋하고 완만하지만 깊고, 그리고 생물체가 살아 넘실대고요…….

이러한 발견을 이제야 하고 있네요.

어제는 겨울 산행을 했습니다. 첫 산행이었지만 그리 높지 않은 산이라 힘들이지 않았구요. 사람이 찾지 않는 호젓한 산이라 조용한 시간을 가질 수 있었습니다. 자연을 다시 발견하는 기쁨도 있었고요.

뒤늦게 이렇게 '발견'의 시간들을 갖고 있습니다. 너무 늦었다 싶으면서도, "너무 늦다"는 말 또한 옳지 않음을 깨닫습니다. 아직도 진정한 의미에서의 종교의 세계, 그 거대한 세계는 아직 발견하지 못하고 있는걸요.

늘 힘과 건강을 유지하실 것을 믿고 기도드리며,

맏이 올림.

1992. 2. 11.

지난 주말에는 관악산으로 등산을 갔었습니다. 과천 정부청사 쪽에서 올라 다시 그곳으로 내려오는 반나절 코스. 그저 밋밋해 보이기만 하던 그 산속에도 오밀조밀 재미가 숨겨져 있더군요. 산정에서 바라다보이는 서울 북쪽 하늘의 매연과 산정에 오만하게 자리잡은 송신시설이 서울 남쪽 경계에 위치한 산이라는 것을 말해 주고 있었습니다. 이윽고 과천에 내려와서 같이 먹은 점심은 오후의 술자리로 이어졌고, "이럴 거면 등산 간 거 다 소용없게 돼"라는 부인네들의 항의에도 아랑곳 않고 다들 꽤나 떠들고 마셔댔지요.

저 또한 이제 사회적으로 중상류층에 자리잡은 친구들의 이끌림에 못이기는 척 한번 끌려다녀 보자는 심사에 제 몸을 맡겨보았고요.

캐나다의 고모부가 오셔서 반갑게 만났습니다. 한국 오실 때마다 등산을 그렇게 즐기신다면서 한국처럼 아무 데서나 좋은 산을 마음껏 즐길 수 있는 곳이 없다고 하시더군요. 금강

산에 한 번 다녀오시지 그러냐고 여쭈었더니, 웬지 북한 쪽은 그렇게 즐길 기분이 아니라고 대답하시더군요. 왜 그럴까요?

만약 북한에서 제게 기회가 주어진다면, 솔직히 제일 먼저 하고 싶은 작품은 셰익스피어의 희극 중 하나입니다. 가만히 생각해 보면, 저도 북한 인민의 생활이란 어떤 답답한 틀 속에 갇혀 있으리라 단정짓고 있는 듯합니다. 그것을 셰익스피어의 생생함과 풍부함으로 풀어서 보여주고픈 발로일 듯 싶습니다. 어찌 보면 남쪽에서도 셰익스피어는 마음껏, 하고 싶은 대로 못하고 사는데 말이지요.

아무튼 뭔가 답답할 것 같다는 느낌을 북한에 대해 갖는 것은 어쩔 수 없는 일인 듯합니다. 우리가 갖고 있다고 착각하는 '자유'라는 것의 허상 때문이겠지요.

통일문화를 어떻게 설계할 것인가에 대해 생각해 봅니다.

한민족의 하나됨을 향한, 하나됨을 실질적으로 가능케 하는, 그리고 하나됨을 경축하는 그런 문화는 어떤 것일까요? 그리고 어떻게 만들어져야 할까요? 그 문화와 과정을 '설계'할 수 있는 걸까요?

어떻게 하면 '교류'를 먼저 따낼 수 있을까, 통일문화의 이니셔티브를 어떻게 내 편으로 가져올 수 있을까, 이렇게 생각

해서는 안 되겠지요. 그것을 넘어서는 사고를 시작해 보려
합니다.
우리가 오늘 만들어 부르는 노래가 7000만의 가슴을 하나로
울리게 될 날을 고대합니다.
건강하십시오.
만이 올림. 

1992. 2. 4.

노벨 평화상 문제로 조금 바쁘게 되었습니다. 우리의 통일, 평화, 인간다운 삶을 위한 운동을 올바로 자리매김하기 위한 한 방편으로 평화상 문제를 확산시켜 나갈까 합니다.

시낭송 공연 계획은 여러 가지 사정으로 인해 당분간 연기하기로 했습니다. 그동안 제가 일에 앞서 뜻만 앞세운 나머지 사람 관리에 소홀하였고, 또 실패했던 것을 다시 되짚어봅니다. 사실 저는 '사람 관리'가 특별히 따로 있을 필요가 없다고 생각해 왔었거든요. 진정한 사람 관리는 일을 통해 정확히 맺어지고 유지되어 나가는 것일 뿐 따로 누굴 만나고, 술 사주고 밥 사주고, 경조사에 참견하고…… 하는 따위가 무어 필요하랴 싶었던 것이지요.

그 생각엔 아직도 크게 변함이 없습니다. 다만 제가 그동안 일을 통해 사람과 관계를 맺는 방식에 문제가 많았다는 것, 그리고 일 이외의 인간관계에도 어느 정도는 신경을 써야겠다는 정도이죠.

이 점에 관해 기회가 닿으면 좀 가르쳐주시면 좋겠습니다. 저 대로 계속 고민해 보기는 하겠습니다만.

시낭송 공연 계획이 연기되었다고는 하나 취소된 것은 아니고 몇 가지는 일을 계속하고 있습니다. 작가회의 시분과 총회에 참석하여 여러 시인들과 즐거운 시간을 가지는 중에 제가 구상하고 있는 일을 애기하고 많은 이들의 동의를 얻어냈습니다. 앞으로 시분과의 사업에 적극 참여하기로 했고 저의 일에 시분과에서 실무자를 내기로 했고요…….

한편 서사시의 극화, 음악화 작업을 위해 신경림의 쇠무지벌을 대상으로 전통음악을 하는 패들과 연결이 이루어지고 있습니다. 이미 그쪽에서 신경림의 시에 대한 각색, 공연 등의 작업을 해왔는데, 여러모로 만족스럽지 못하던 차에 제가 관심을 보이자 같이 해보기로 자연스레 이야기가 된 것이지요. 아마 3~4월 공간에 뭔가 가시적인 일이 벌어질 수 있으리라 기대해 봅니다.

바우는 요즘 비틀즈를 듣고 있습니다. 국악 음반을 많이 사다가 들려주어야겠습니다. 제 자신도 어려서부터 국악을 접하지 못했기에 음악적 영역의 한계를 느끼고 있는데, 바우까지 그렇게 되어선 안 되겠다는 생각이 드는군요.

오늘은 이만 쓰겠습니다. 독서가 불편하시다니 안타깝습니
다. 늘 건강하시기만을 기도합니다.

맏이 올림.

1992. 3. 12.

민중의 힘도 무한한 것은 아니겠지요. 작년 5월 민중의 체력은 극도로 소진되었고, 끊임없는 자극으로 인해 회복될 틈도 없이 소모되어 버렸으며, 그 결과가 6월로 나타난 것이 아닌가 합니다. 민중의 체력과 아울러 지도부 자체의 체력을 제대로 타산하지 못한 채 일을 과도하게 배치해 나갔던 지도부의 잘못이 크지 않았나 싶습니다. 때로 흥겨움도 나누고, 김남주의 말대로 아픈 다리 서로 기대고 쉬기도 하면서 긴 길을 걸어나가야 하는데 말이지요.

이번 3·24 총선은 그런 점에서 민중이 오래 쉰 후에 치르는 일이므로 기대를 걸어볼 수 있지 않을까요? 냉소주의 어쩌구 하지만 제 생각엔 냉소주의라는 것도 민중이 아픈 마음을 쉬고 치료하기 위한 탁월한 방편이 아닐까 합니다. 냉소하며 충분히 쉰 민중, 그 국민의 힘이 어떻게 발현되는지 기대해 봅니다. 늘 염려와 기도를 보냅니다.

맏이 올림.

1992. 4. 1.

국립오페라단에서 11월에 베토벤의 「피델로Fidelo」를 공연한다고 하여 제게 번역 의뢰가 들어왔습니다. 은숙이 노래할 예정이고 연출로는 오랜만에 메링과 연락하고 있는데, 잘 안 되네요.

그동안 저는 이상하게도 베토벤에 대해 약간의 의구심을 갖고 있었습니다. 베토벤의 삶이 지나치게 도덕적이고 흥분, 과장되어 있다고 보았지요. 실제로 그의 일상적 삶은 그 자신과 일치하지 않았습니다. 그래서 어찌 보면 상당히 기회주의적이지 않았는가 하는……. 그러나 「피델로」를 공부하면서 반드시 그렇지만은 않다는 생각이 들더군요. 근대 시민사회가 열어가던 당시의 모순적 삶의 모습이 그런 식으로 밖에 표출될 수 없었고 적어도 그는 진지하게, 정면으로 시대의 문제와 부딪쳤던 게 아닐까 하고 말입니다. 지금까지의 제 독서 편력이 저의 예단으로 인해 아무것도 정확하게 읽어낸 것이 없지 않은가 하는 착잡한 심정입니다. 자꾸 읽고 또다시 읽습니다.

유원호 선생님이 편지를 보내 오셨더군요. 그러고 보니 어느 덧 3년이 지나고 있습니다. 1년 반이 지났을 무렵, 평가가 달라졌다고는 하지만 아직도 모두 감옥에 계십니다. 객관적 사실들은 많이 변하고 있지만 분위기는 여전히 그대로입니다. 적어도 표면적으로는……. 유 선생님께서도 그것이 상당히 괴로우신 모양입니다. 물론 그 안에서 '인간'을 알아가는 귀중한 경험을 보람으로 여기고 계시긴 합니다만.

92 판세에 북방 카드가 아무런 효력을 발휘할 수 없게 된 것, 그 점에 주목해야 할 것 같습니다. 여러 가지 이유가 있겠지요. 그러나 아무튼 모든 면에서 북방 문제를 끄집어내기를 회피하는 것만은 사실인 것 같습니다. 그 점에서 '때'를 기다려야 하는 국면이 아닌가 싶습니다.

좋은 글 많이 쓰시기를 기도합니다. 농사 준비가 시작되었습니다.

만이 올림.

1992. 4. 5.

총선으로 구체화된 민의는 되새기면 되새길수록 많은 숙제를 우리 민족에게 제시하고 있습니다. 이 숙제는 민족의 구성원 어느 누구도 피해갈 수 없는 엄숙한 것입니다. 누구나 이 숙제들을 껴안고 끙끙대며 해결하고자 애써야 할 것이며, 각자의 위치와 직분에 따라 나름대로 진지하게 고민해야 할 것입니다. 그것이 전 민족의 간절한 기도가 되었을 때 하나님은 응답하실 것입니다.

감옥 안에서의 사색과 기도, 특히 아버님의 독특한 위치로 하여 많은 사람들이 숙제 해결의 실마리가 혹시 그쪽에서 가닥이 잡히지 않을까 기대하고 있습니다. 저는 이런 현상이 온당하다고 생각합니다. 왜냐하면 해결을 위해서는 전민족이 기도해야 하므로, 나의 기도 내용은 옆 사람의 기도 내용과 일치되어야 하고, 그렇기 때문에 이웃의 기도 내용을 알아내고 나의 기도 내용을 그와 일치시킬 수 없을까를 고민하는 것은 매우 정당한 것이지요. 더구나 이웃에 큰어른이 계실 때 그의 기도가 무엇일까를 아는 것은 매우 긴요할 것입니다.

뜻을 모으는 일의 '과학화'가 필요합니다. '뜻'을 어떻게 '과학화'할 수 있을까요? 그것은 나의 뜻을 남의 뜻과 정확히 비교하고 허심탄회하게 뜻을 주고받을 수 있을 때 비롯되는 것이겠지요. 사심없이(마음을 비우고) 뜻을 주고받는 것이 요구됩니다. 떨리는 마음으로 7000만의 간절한 뜻에 귀를 기울여야 할 때입니다.

맏이 올림. 

1992. 4. 20.

4·19 부활절 새벽, 출감하는 권형택을 반갑게 맞았습니다. 한 사람의 출감이 이렇게 마음 든든하게 느껴진 적은 없었습니다. 여럿이서 청진동 해장국으로 요기한 후에 4·19 묘지에 참배했습니다. 작은 꽃다발을 하나 사서 창필 형 묘 앞에 놓아드렸고요. 많은 단체들이 쉬임없이 참배행사를 하고 있었고, 그리고 수많은 사람들을 만났습니다. 그 중에 혼자 머쓱한 얼굴로 올라오고 계신 김진균 교수께 제가 인사를 드리자 저와 같이 있던 일행은 왜 저런 자와 인사하느냐는 반응이었습니다. 가벼운 악의惡意라고 할까요.

또 예를 들면 김충섭 씨와 30년 만에 결별한 오방춘이라는 분도 만났습니다. 김충섭의 국민당 출마에 절망하였지만 그래도 옛 의리상 이번 선거일만은 해드렸다는 그분의 이야기와 그 일까지도 해드리지 말았어야 했다는 이야기가 엇갈렸고요.

오후에는 집에 돌아와 밭에 콩과 호박 씨를 심었습니다. 지금

밭에 배추와 상추 싹이 올라와 있습니다. 옥수수, 깻잎, 당근, 부추는 아직 싹이 나지 않았고요. 겨울을 난 딸기는 건강하게 자라고 있지만 시금치는 성적이 좋지 않네요.

밭을 준비하고, 거름을 주고, 좋은 날을 택해 씨를 뿌리고…… 그리고 싹이 날 때까지 기다리는 것, 그것이 농사짓는 데 가장 중요하면서도 가장 무미건조한, 그래서 인내를 필요로 하는 대목이 아닐까 생각해 봅니다. 민족의 미래를 구상하고 밭을 일구고 씨를 심는 사람들, 열매는커녕 싹이 트는 걸 보지도 못한 채 역사의 전면으로부터 사라질지라도 그 준비를 하는 사람들의 노고와 애정에 경의를 표합니다.

만이 올림. 

한시漢詩 공부를 하고 있습니다. 이구영 선생님의 시간에는 신경림 선생님도 학생으로서 수강하고 있구요. 아직 학생들은 대개 한시보다는 한문漢文을 공부하는 기분으로 듣고 있습니다. 하지만 신 선생님은 전에 한문과 한시를 공부해 두신 것도 있고, 또 무엇보다도 시인이시기에 시詩로서의 한시 감상에 더 예민하신 모습을 발견하곤 합니다.

저로서는 기독교 정신이 전제되지 않은 세계에 대한 진지한 접근은 이번이 처음이지 않나 싶습니다. 문득 삶과 사상의 모든 면에서 기독교 정신에 바탕하지 않은 어떤 사고도 해오지 못했다는 생각이 듭니다. 근대 문명의 이해와 습득은 기독교 정신의 파악 없이는 불가능하듯, 마찬가지로 이 땅의 문화와 역사와 사람을 바로 알기 위해서는 기독교성이 사상된 세계와 진지하게 씨름해 보아야 할 것 같습니다.

사실은 시 공부의 일환으로 시작해 본 것인데 뜻하지 않은 세계와 조우한 듯합니다. 한 번 시작한 일이니 흐지부지되지 않도록 애써보겠습니다.

시낭송에 대해 김남주와 한 번 심도있게 얘기를 나눴었고 정희성과도 얘기해 봤습니다. 정희성의 시집을 제가 해석, 낭송하여 녹음한 걸 가지고 같이 의견을 교환하고 토론도 했구요. 대체로 서로간의 시 해석이 비슷했습니다. 다만 몇 가지 점에서는 제가 미처 몰랐던 부분도 있었고, 어떤 점에서는 저의 낭송이 의미를 풍부하게 한 측면도 있었구요. 또 특정 구조일 때는 도통 낭독하기가 어려워진다는 것 등을 발견하기도 했습니다. 몇 가지 실험과 모색을 더 거친 후에 결과물을 발표할 수 있는 기회를 만들어볼까 합니다.

바우가 요즘 많이 먹지를 않습니다. 그래서 그런지 반 아이들보다 키도 작구요. 제가 테니스도 시키고 있고 자기 일도 열심히 찾아 하는데(말하자면 원기나 기력은 매우 왕성한데) 왜 그런지 모르겠습니다. 성장의 과정이겠지요. 성장의 과정이라…… 우리 사회의 현 수준을 엄정하게 일컫는 말이기도 한 것 같습니다.

좋은 글 많이 쓰시기를 기대합니다.

모든 일을 주님께 맡기면서…….

맏이 올림. 

1992. 5. 8.

어머님이 떠나시고 나니 왜 이렇게 허전한지요. 지난 몇 년 동안 사랑하던 사람들을 하나둘 하늘나라로, 감옥으로 보내시고 큰 집을 혼자 지켜오신 어머님의 마음이 느껴져 몹시 가슴 아팠습니다. 즐거운 시간을 그곳에서 갖게 되기를 바랍니다.

김병상 신부님 환갑연은 너무너무 화려하여 일견 보기 좋으면서도 한편, 시골에서 올라오신 신부님들께는 위화감을 느끼게 하지 않았나 싶습니다. 평생을 혼자 사시는 신부님들의 환갑을 잘 차려드리고 싶은 교인들과 주변 분들의 심정이었겠지요.

순서지에 "문익환 목사의 옥중시 낭독"이라고 나와 있고, 또 행사의 규모가 의외로 커서 아버님의 편지 내용에 기초하여 다음과 같이 시를 만들어 낭독했는데 어떠신지요. 반응은 꽤 괜찮았습니다만……

떨리는 마음

떨리는 마음이 없는 사랑은 교만입니다

건방진 정원사, 제가 나무를 자라게나 하는 것처럼

으시대는 주제넘은 사랑

그것은 떨림이 없는

사랑 아닌 사랑입니다

늘 건강하시길 기도하며,

맏이 올림.

1992. 5. 9.

건강이 염려되었는데, 오히려 다른 때보다 힘찬 모습이어서 안심이 되더군요. 꽃 한 송이 못 가져갔는데 교도관이 꽃을 달아주셔서 감사드립니다. 제가 어머니 대역을 한다고는 하지만 면회 때 마실 것 하나 신경 써드리지 못하고 넣을 것도 여쭤보지 못하고⋯⋯. 아무래도 한계가 있는 듯합니다. 충분히 정성을 쏟지 못한 때문이겠지요.

어머님께 전화로 보고드렸고요. 일본에서는 미국 비자가 안 되기 때문에 유럽으로(15일경) 떠나실 예정이라고 합니다.

면회 끝나고 삼촌이 소장실에 들어가보셨는데, 편지를 없애지는 않았다고, 출감하실 때 드릴 작정이라고 말했다 합니다.

소소한 일들이 늘 우리의 마음을 상하게 하고 침식해 들어오지만 늘 대범하게 이겨나가실 줄 믿습니다.

곧 남북이 문화적으로 만날 텐데(또 이미 상당 부분 만나고 있는데), 그 만남을 민족사적 관점에서 개관하고 길게 설계하는 단위가 없음이 안타깝기만 합니다. 문화적 만남이 즉흥적으로 이루어지다니……. 이 부분이야말로 통일 이후까지를 내다보면서 동서의 지역감정이 아니라 남북의 지역감정이 해소될 때까지, 그리고 이후 민족의 진정한 화합의 축제가 됨으로써 갈라서려 하는 모든 요인을 하나로 묶어내는 구심점으로서 항구적으로 작용해야 할 텐데. 그걸 누가 설계할 수 있을까? 어쩌면 설계가 불가능한 영역, 말하자면 하나님의 영역일지도 모르지요. 그렇다고 우리는 아무 일도 할 수 없는가? 그런 일을 할 수 있는 단위를 우리는 만들어 가질 수 없는가? 하고 생각해 봅니다.

윗집 마당에 모란꽃이 피었다가 탐스럽게 지고 있습니다. 어머님이 화분에 심으신 딸기가 주렁주렁 열매를 맺기 시작했고요. 자연을 살피면서 살게 해주신 하나님께, 그리고 돌아가신 할아버지 할머니께 감사드립니다.

늘 건강하십시오.

맏이 올림. 

1992. 5. 10.

동창회에서는 등산을 가자 하고, 교회에서는 야외 예배, 친구들은 점심 먹으러 나오라 하고……. 그런데 밀린 원고가 많아서 하루를 집에서 지냈습니다. 올해 처음 콩을 심어봤는데, 한 구덩이에 서너 그루씩 나와서 솎아줘야 하고, 비 온 후에 뭉그러진 밭도 추스려줘야 하고, 작년 겨울에 심었던 시금치도 제대로 자라지 않아 거둬들여야 하고…….

하루 종일 집에 있자니 좀이 쑤셔서 자꾸만 마당으로 나가게 되네요. 전화도 여러 곳에서 왔습니다. 미국에서 한인숙 권사가 전화하셨는데 아버님, 어머님 다 안 계시자 안부만 물으셨고요, BBC에서 취재 온 기자가 이산가족에 관해 묻고 싶다고 저와 인재근을 만났으면 좋겠다고 했고요, 살림내어 나갔던 지윤이가 오랜만에 참외 사들고 놀러 오고…… 이렇게 주일이 다 갔습니다.

저는 이번 월말에 '지구의 날' 한국행사 공연의 연출을 갑자기 맡게 되었습니다. 그러나 그 전에 국립오페라단의 가을 작품

「피델로」의 번역을 끝내서 넘겨줘야 하고 노찾사 공연평도 써줘야 합니다. 「통일을 지향하는 음악」이라는 40~50매짜리 원고도 한 꼭지 떨궈야 하고, 이 달 중순부터 시작되는 한국음악극연구소의 봄철 강좌를 위해 연출 교재도 마련해야 하는 등 소소하지만 중요한 일들이 끊이지 않습니다.

문득문득 작년 5월의 기억을 떠올려보곤 합니다. 그리고 오늘도 신문에 실린 몇 가지 국민대회 기사를 보면서, 제가 잘못 가고 있는 건 아닌가 되돌아 보기도 하구요. 지금은 각 부문에서 침착하게 밭을 일구고 씨 뿌리는 일이 중요한 때라고 봅니다.

그럼 내일 또…….

만이 올림. 

1992. 5. 11.

편지 번호가 맞게 매겨졌는지 모르겠습니다. 날짜별로 확인해 주세요. 어머님이 떠나실 때 달력에 표시해 두신 것으로는 아무튼 11일이 341신이 됩니다. (제가 아무래도 한 번 빠뜨린 모양입니다.)

어머니는 미국 비자가 나오지 않아 이번에는 유럽만 다녀오시겠답니다. 15일에 파리로 가셨다가 30일에 김포로 돌아오도록 표를 끊으셨다는군요. 즐거운 만남, 즐거운 여행이 되시길 빕니다.

노태훈이 일본에서 자식 노릇을 해드리는 모양입니다. 전시회는 대성황이었고, 어머님이 TV 방송에서 말씀하신 게 전부 나가는 등 크게 활약하고 계시다는군요. 12일 오사카 전시가 끝나고, 13일 도쿄로 가셔서 정경모 선생님을 만나 뵙는다고 합니다. 저는 아버님 수행도 못해드리고, 어머님 수행도……그러나 두 경우 다 못해드리기에 제가 해야 하는 일이 여기에 있는 것이겠지요.

내일 민통련 학교 시강을 아버님 어머님 대신 제가 하게 되었습니다. 그 준비 하느라고 방북 비디오를 틀어보니 정말 격세지감이더군요. 3년 전, 얼음이 깨지던 그때, 그리고 희년으로 선포된 3년 후 얼마나 큰 진전이 이루어질지, 정말 아무도 꿈꾸지 못한 상황을 맞이하리라 믿습니다. 그때를 위해 대비해야겠지요.

「꽃 파는 처녀」를 제대로 본 적은 없지만 얼핏 방북 비디오에서 몇 장면 본 것으로 판단컨대, 그 정도의 작품을 불후의 명작이라고 일컬으며 살아온 북쪽 동포들을 어떻게 문화적으로 맞아줘야 할지 걱정입니다. 차라리 다 잊어버리고 셰익스피어나 베르디를 진지하게 같이 작업해 보았으면 어떨까 하는 심정입니다. 셰익스피어와 베르디를 통해 제발 편협한 인간 이해에서 벗어나 인간성의 광활한 세계를 가슴 툭 터놓고 만날 수 있다면…….

그러나 그럴 수는 없겠지요. 아무리 갑갑하더라도 '우리 것'으로 만나야겠죠. 아무튼 그 길이 정면승부이니까요. 정면승부를 위해서는 기량을 다듬어야겠지만 베르디를 잘 하는 것도 대단히 중요한 일이라고 생각됩니다.

손님 맞이하자고 새 집을 지을 수는 없겠지요. 그러나 식구를 모두 독려하여 집 안 대청소 정도는 할 수 있겠죠. 꽃도 좀 꽂고, 그림도 그전보다 나은 걸 걸고 등등……. 시급한 문제입니다. 아버님의 의견을 듣고 싶습니다.

건강하시기를, 총총.

맏이 올림. 

'뜻을 모으는 일의 과학화'에 대한 저의 질문에 아버님은 선문답식으로 대답해 주셨는데요. 과학화라는 말을 어떻게 해석하든 일단 관용화된 용어를 빌려 썼던 것뿐이고요. 문제는 감정, 선입관, 관행, 집단 이기주의, 섹트주의, 지역주의 등 모든 비이성적 장애 요인들을 제거하고 새로운 일을 도모해야 하지 않겠느냐는 것입니다.

거기에 아버님은 비이성이 제거된 '맑은 이성', 또는 '차가운 이성'으로만 되는 것이 아니라 뜨거운 가슴—바람, 사랑, 믿음—이 결합되어야 한다, 아니 그쪽이 중심에 서야 한다고 하셨습니다.

민족이라는 거대한 한 생명체가 오랜 동안 투병생활을 해왔습니다. 1980년대는 그 투병생활의 마지막을 이루는 시기였다고 할 수 있겠지요. 이제 조금씩 거동할 수 있을 만큼 몸이 회복될 조짐이 보입니다. 바깥 날씨도 따뜻해지고 햇빛도 밝습니다.

이제 이 오랜 병상을 걷고 밝은 햇볕으로 조금 나서보아도 되지 않을까요. 아니 나서야 하지 않을까요? 아직 몸속에 고통이 남아 있고 원기가 왕성하게 돌아오진 않았지만 걷는 연습, 바깥 바람을 맞는 연습을 해야 하지 않겠습니까? 운동이 필요한 때입니다. 물론 복용하던 약도 계속 먹어야 하고 물리치료도 계속 받아야겠지만 발상의 전환을 꾀할 때라고 생각합니다.

민족 정서에 새로운 기운을 가져다 줄 구심점이 필요하다는 뜻입니다. 그것을 무슨 '전략적' 차원이라고 비하할 것이 아니라 선거라는 민족의 대반성기, 대청소기, 또는 대토론기, 새출발기, 또는 대축제에 문을 열고 새바람을 맞이하는 계기로 삼아야겠다는 것이지요.

제도정당에서 준비하는 프로그램은 그대로 간다 하더라도 비제도권이라는 이 넓은 판 위에서 무언가 산뜻한 기운을 일으켜내야 하지 않을까요.

새 구심점은 그렇다면 어떻게 마련될 수 있을까요? 아버님의 장기는 '꿈'이니까, 한 번 멋진 꿈을 꾸어보실 수 있겠지요. 모두들 신라의 정신적 바탕 중의 하나인 그곳에서 무언가 새로운 발상이 나오지 않을까 기대하는 눈치입니다.

건강하심을 모두 다행스럽게 생각합니다.

그럼 오늘은 이만 쓰겠습니다.

많이 올림.

P.S. 최장탁 선생님이 편지 받으셨냐고 물으시는군요. 한두
달 전에 띄우셨다는데요…….

장기표 씨와 서울로 돌아오는 길에 이부영 선생의 출판기념회에 들렀습니다. 이 자그마한 책을 내는 데 이렇듯 요란을 떨어야 하다니……. 김대중에서 김병오까지, 이수경 장관에서 박종철 아버지, 송광영 어머니까지, 한자리에 뒤엉켜서 웅성웅성 돌아가는 이 판을 어떻게 해석해야 할지요?

장외가 장내로 들어가 자못 큰소리를 내게 되었다는 측면과 함께, 소위 차세대 지도자로서의 가능성이 판을 이렇게 키워내고 있음을 직감할 수 있었습니다. 그 차세대가 바로 국민의 바람이라는 것은 너무도 자명합니다. 그것이 언제, 어떻게, 누구를 통해 구체화되어 나타날지가 초미의 관심사인 분위기입니다. 그리고 그 많은 가능성 중 비교적 가시적으로 드러난 것 중 하나인 이부영에게 이렇게 관심이 쏠리고 있는 것이겠지요.

이민우, 이철 등을 무명에서 하루아침에 지도자로 이끌어낼 수 있었듯이, 보다 정확하게 차세대를 지명해 낼 수 있다면 언제든 전국민적 핵심으로 만들어낼 수 있다고 생각합니다.

큰 숙제라고 생각합니다.

윗집의 모란은 뚝뚝 다 떨어지고 딸기가 열매를 맺기 시작합니다. 저희 집엔 붓꽃(아이리스)이 노란 꽃잎을 내밀고 있고요. 희망의 5월인가요?

맏이 올림. 

한국에서의 오페라는 어제 편지에서 말씀드린 그런 점들을 깨닫지 못한 채 성악가들을 중심으로 운영되어 왔습니다. 그들이 일부 대중의 허영심을 부추겨서 오페라를 살리고 있는 것처럼 보입니다.

그런데 성악가들이 왜 그토록 죽자고 오페라에 집착하는 걸까요? 그것은 그들이 오페라를 부를 때 최고의 예술적 성취를 맛보기 때문이겠지요. 그리고 그 예술적 성취가 관객에게 전달되어 관객도 같은 것을 맛보게 되는 것입니다. 이 사실은 결코 부정할 수 없습니다.

그런데 그들은 그 예술적 성취의 정체를 스스로 설명해 내지 못합니다. "왜 오페라가 그렇게 좋은가" 하는 물음에는 대답을 못합니다. 오페라가 서양정신이 만들어낸 최고의 결실 중의 하나임을 알지 못하고 외양만 받아들일 뿐입니다. 따라서 모방만 할 수 있을 따름이지요. 모방만 하다 보니 외국의 연출자, 지휘자를 데려다 놓고 모든 예술적 판단은 그들에게 내

맡겨버리는 것이지요. 문화적 식민지가 되어가고 있습니다 (이미 참혹한 문화적 식민지입니다만).

민족의 축제를 이루어내려면 우리 시대 예술가들이 넘어야 할 산은 바로 종합예술입니다. 그것은 민예총 진영의 연극, 굿, 음악 예술인들 사이에서도 무언의 합의가 이루어져 있다고 봅니다. 그리고 종합예술은 오페라를 정복하지 않으면 도달될 수 없지 않나 하는 것이 요즈음 저의 생각입니다.

북한의 「꽃 파는 처녀」를 보십시오. 저희가 만들었던 「구로동 연가」, 박인배 그룹이 만들었던 「꽃다지」(노래판굿), 기타 그 어느 형태도 풍부함에 있어서나 예술적 치열성, 인간성에 대한 이해 등에서 오페라를 따라가지 못합니다.

물론 이러한 시도들이 아직 초기 단계인 때문이라고 하겠지만 이미 완성된 형식이 엄연히 존재하는 한, 초기 단계 실험은(대단히 이례적인 성공을 거두지 못한다면) 완성된 형식으로 흡수되지 않겠습니까?

그렇다면 남한의 종합예술, 북한의 종합예술, 통일조국의 종합예술을 모두 사고하면서 지금 어디에 발을 디뎌놓아야 할지 신중히 고민해야 할 때가 된 것입니다. 나아가 동북아 문화권의 종합예술은 어떻게 전개되어야 할 것인가도 생각해 보아야겠지요.

잠정적으로 저는 오페라의 본모습을 찾아내는 일이 필요하다고 생각합니다. 인간성에 대한 진지한 탐구정신, 민중성 그리고 역사 앞에 정직하려 했던 여러 대가들의 정신…… 그런 것들을 한국 땅에서 되살려보려고 애쓰는 과정을 통해(이 점은 유럽에서도 부분적으로밖에 이루어지고 있지 않습니다) 우리 민족의 음악극, 동북아의 종합예술 건설의 단초를 삼을 수 있지 않을까 합니다. 좀더 생각을 다듬어나가겠습니다. 아버님의 질책을 기다립니다.

어머니는 14일 밤 파리로 가신다는 전화가 왔습니다. 미주와 캐나다도 그곳에서 다시 시도해 보시겠답니다. 늘 이쪽을 걱정하시는 눈치였지만 목소리는 어머님 그대로 맑았습니다.

모두들 즐겁고 보람있는 하루하루가 되기를 기도합니다.

만이 올림.

광주에 갔다온 피곤이 그후 스케줄에 영향을 주어 이렇게 여러 날 밀린 숙제 하듯 편지를 쓰게 되었습니다. 의무적으로라도 일을 하게 되면 뜻하지 않은 소득도 있겠지요. 그때그때 흘려넘겼을 생각들을 담아보게 됩니다.

광주 행사는 윤한봉의 귀국 촉진이 주된 이슈였고, 양심수 석방은 부수적으로 따르는 것이었습니다. 행사의 주체로는 광주연합, NCC, 민가협 등 많은 단체들의 이름을 내걸었지만 실제로는 진보정당추진위였습니다. 그 중에서도 민중당 후보로 출마했던 황광우를 중심으로 한 젊은이들이었던 것 같습니다.

왜 그 젊은이들이 이 시점에 와서 윤한봉의 귀국을 위해 그렇게 애를 쓰는지는 여러 가지 이유가 있겠지만 아무튼 통일인사 두 명(문익환, 임수경), 노동계 인사 두 명(박노해, 주대환)의 이름을 내걸고 석방을 촉구하는 이슈를 함께 내주었다는 점이 특이했습니다. 특정 소수 정파의 일이 아님을 강조하고 싶었던 것이겠지요.

광주는 워낙 갈래가 많아서 골치 아프다는 말들을 합니다. 실제로 그날 행사에도 제가 알 만한 인사들이 얼굴을 많이 비치지 않았더군요. 그렇지만 YMCA 강당을 가득 메울 정도로 열기있는 행사로 성공적이었다고 평가됩니다. 누가 하든 중요한 이야기들이 대중의 지지를 받으며 열렬히 진행된다면 좋은 일이 아니겠습니까? 윤한봉이 걸어온 기나긴 길(앞으로도 계속 걸어가야 할)을 생각하며 아버님이 어머님께 쓰신 편지 중의 한 구절을, 그리고 모든 운동의 낙관적 기운을 위해 1992년 정초 메시지를 낭독하여 큰 환영을 받았습니다.

광주시 시의원이 되신 명노근 교수의 부인이 영치금을 보냈습니다(격려 편지 동봉합니다). 그리고 시의원 이윤경이라는 분이 "목사님의 건강을 빌며…… 국가보안법 철폐! 자주, 민주, 통일 만세!!!"라는 글귀와 함께 역시 영치금을 전해왔습니다. 모두에게 감사드립니다.

토요일 행사 후에 황지우의 집에서 하룻밤 자고 올라왔습니다. 그 이야기는 다음 편지에 쓰겠습니다.

맏이 올림.

1992. 5. 17.

콩 심은 데 콩 나고 팥 심은 데 팥 난다는 말을 실감합니다. 콩을 심어봤더니 정말 콩이 나더군요. 너무도 당연한 일인데도 직접 경험했을 때는 그 느낌의 각별함이 생겨나는 듯합니다.

여러 가지 씨앗 중에서 왜 하필 이 속담에서 콩과 팥이 선택적으로 사용되었을까요? 팥의 경우는 잘 모르겠지만 콩은 다른 어떤 식물보다도(제가 심어본 것 중에서) 힘차게, 두꺼운 지각을 뚫고 치솟아 나오는 듯한 느낌이었습니다. 또 한 가지는 아마 씨라고 하여 따로이 간수하지 않고 그냥 밥 할 때 쓰는 콩알을 밭에 뿌려두면 그대로 싹이 트기 때문이 아닐까 싶습니다. 자연은 이와 같이 쉽다, 진리는 이와 같이 가깝다는 뜻이겠지요. 내년 봄에는 꼭 한 번 팥을 심어보려고 합니다.

할머님이 살아계실 때 왜 농삿일을 도와드리면서 배우지 못했을까 늘 후회합니다. 밭일을 하시다가 기진하셔서 햇볕 따뜻한 곳에 앉아 계시던 모습이 떠오릅니다. 제가 이만큼이라도 농사를 짓게 된 것을 보시면 얼마나 기뻐하실까요…….

장례를 지내던 날, 4·19 묘지에서 흘러내리는 눈물을 놔둔 채 올려다보던 푸른 하늘이 생각나는군요. 푸른 하늘은 언제나 제게 할머니를 그리게 합니다.

봄에 새로 밭을 모두 뒤집으면서, 여기에는 배추 심고 저기에는 상추 심고…… 등등 계획을 하고 그대로 씨를 심었는데, 작년에 그곳에서 심었던 식물들이 어떻게 흙속에 살아남았는지 싹을 틔우고 솟아나더군요. 인정에 약해 차마 그것들을 뽑아내지 못하고 있습니다.

작년 첫 농사 때 바우는 솎아낸 어린 상추가 못내 가여워서 어떻게든 심어서 키워내자고 우겼었는데, 올해는 제가 적당히 솎아서 버려도 그저 모른 척하더군요. 뽑아버리는 건 맘이 아파서 보지 못해도, 농사란 것이 어쩔 수 없이 그런 과정을 거쳐야 한다는 사실을 알고 참는 것이겠지요.

농삿일에도 이런 '몰인정함'이 존재한다는 것이 놀랍습니다. 내일 또 쓰겠습니다. 건강하십시오.

만이 올림.

1992. 5. 17.

광주에 도착하니 변호사 사무실에 근무하는 어떤 젊은이가 자동차로 무등산을 빙 돌아 전통 한국 음식점에서 점심을 대접해 주었습니다. 전라도 특유의 한 상 가득 반찬이 즐비한 점심을 먹고 난 후 망월동 묘역에 참배하였습니다. 경대의 무덤 앞에는 아직 16일인데도 많은 꽃과 명지대 학생들이 보낸 종이학이 유리상자 속에 담겨 있더군요. 여러 분들 앞에 막걸리를 붓고 묵상을 드렸습니다.

행사가 끝난 후 황지우 시인이 저와 김남주를 꼭 모시고 싶다고 하여 따라나섰습니다(김남주도 같은 행사에 참여하였지요). 황지우는 본래 해남 출신인데(남주와 동향) 일찍부터 광주에서 학교를 다녔고, 그래서 광주가 거의 고향처럼 느껴진다고 하더군요. 그리고 해남 바닷가의 거칠고 황량함보다는 광주 산야의 부드럽고 푸근한, 그 녹신녹신함에 더 정을 느낀다고요…….

서울을 버리고 광주에 정착하려 했을 때(1988년), 그는 광주

지역의 여러 곳을 돌아다니며 뿌리내릴 곳을 찾아보았다고 합니다. 그리하여 광주 주변은 물론, 그 어느 곳에서도 찾아볼 수 없는 아름다운, 정겨운 고장을 발견해 냈는데 바로 담양 지역입니다. 그곳은 특히 조선조 사대부들이 사랑하여 송강, 정철 등이 머물면서 노래하였던 가사문학의 큰 터전이기도 하답니다. 지우 시인이 찾아낸 곳에는 16세기 때 인조반정에 참여했다가 벼슬을 받지 않고 이곳에 은거한 한 사대부가 조성해 놓은 뜨락 터가 남아 있었습니다.

남주와 함께 셋이서 지우의 낡은 포니 자동차로 도착한 것은 밤 12시가 넘어서였습니다. 보름을 하루 앞둔 휘영청 내걸린 달 아래 300년 넘은 우람한 팽나무와, 그 곁을 끼고 야트막한 언덕을 이리저리 돌아드니 뜻밖에 툭 트인 들이 나서고 한쪽에는 멋들어진 소나무 몇 그루와 연못, 그리고 밤이라서 잘 볼 수는 없었지만 300년 넘은 백일홍 나무들이 못가를 빙 둘러서 있었습니다. 한쪽엔 퇴락한 정자가 하나 있었구요.

지우의 작업실은 농가의 정지와 외양간 등을 개조하여 만든 것인데, 남으로 향한 벽면을 가린 블라인드를 여니, 벽면 전체가 큰 창문이 되어 좀전의 그 풍경들이 달빛을 받아 훤히 내다보이더군요.

황지우 시인은 아버님이 나오시면 꼭 한 번 모시고 싶다고 말하면서, 자신이 받은 '교육'으로부터 잃어버렸던 '땅', 그 땅의 정기 따위를 되찾고 싶은 마음이 이곳을 찾게 했다고……, 고생하시는 여러분 앞에 송구스러워하는 듯한 눈치였습니다.

새벽에 남주와 주변을 다시 한 번 산보하였는데, 오래 남는 추억이 될 것 같습니다. 7월에 백일홍이 피면 꼭 다시 찾아올 것을 다짐하며 떠나왔지요.

오세중 씨의 결혼 청첩장이 왔네요. 동봉합니다.

늘 건강하시기를.

만이 올림. 

은숙이 딸기를 유난히 좋아하는데, 시중에 나오는 딸기는 다른 과일들보다 농약의 오염이 심하다는군요. 농약이 부드러운 과육에 그대로 묻어 있어서 잘 씻기지 않는다는 겁니다. 그래서 그 좋아하는 딸기를 마음 놓고 먹을 수 없다기에 제가 작년에 한 번 심어봤습니다만 잘 되지 않더군요.

책방에서 딸기 재배에 관한 책을 사봤는데, 순전히 비닐하우스에서 전문적으로 키워내는 얘기밖엔 없더군요. 어느 책에서 딸기는 가을에 제2, 제3 새끼묘만을 골라 옮겨 심고, 어미 포기와 다른 묘는 버려야 한다고 읽었습니다. 그래서 가을에 그대로 하였더니, 올봄 저희 딸기가 아주 무성합니다. 열매도 꽤 달렸는데, 얼마나 소출이 나올지는 아직 모르겠습니다.

한신대 이층 집에서 살 때 할아버지 할머니가 축대 밑 밭에 딸기를 심으시던 생각이 납니다. 딸기에는 닭똥 비료가 최고라고 해서 닭똥을 사다 뿌렸다가 온 동네에 냄새가 진동하듯 요란했었지요. 그런데도 딸기 농사가 그리 잘 되지는 않았던 것으로 기억합니다.

할아버지, 할머니께서는 농삿일을 열심히 하셨지만 그리 과학적으로 하시지는 않았던 게 아닌가 생각됩니다. 너무 경험에만 의지하셨던 건 아닐까요? 북간도에서 농사지으면서 사신 그때의 경험으로 이곳에서 이것저것 해보셨지만 그리 큰 성과는 없으셨잖아요. 두 분에게는 해방 후 이남에서의 삶이 신산하셨던 게지요.

하나둘 배워가면서 작은 밭에다 잔손질을 해봅니다. 딸기는 열매가 열릴 때 짚을 깔아줘야 하는데, 짚 한 단 구하려 해도 잘 되질 않는군요. 한 번은 은숙이가 의정부에 갈 일이 있어서 그곳은 그래도 농사짓는 이들이 많이 다닐 테니 알아봐 달라고 했는데 결국 빈손으로 돌아왔습니다.

중소도시의 무기력, 혹은 좌절과 상관 있는 게 아닐까 생각해보았습니다. 농촌을 주변에 갖고 있는 소도시에 농사에 관한 물품거래가 별로 없다는 사실에서 말입니다. 사람들의 성급함과 냉소주의가 늘 걱정입니다.

내일 또 쓰겠습니다. 건강하십시오.

맏이 올림.

1992. 5. 19.

지난번 윤이상 선생님께 팩스로 보낸 것을 이쪽 분들과 미리 상의하지 않았다고 전창일, 이관복 두 분께 지적받았습니다. 그런 사실을 모르고 계시다가 해외 본부에서 확인 전화를 받고 조금 당황하셨던 것 같습니다. 저도 미리 상의드렸으면 좋았을걸 하고 생각되어 사죄하였습니다. 여러 가지로 애쓰시는데, 아무튼 힘과 용기를 잃지 않도록 해드리는 것이 중요하다는 생각이 들더군요.

오늘은 방제명 선생님이 삼선교에서 개고기를 사주겠다고 나오라고 하시네요. 아버님 친구분들을 두루 만나고 사귀고 하는 것이 조금은 부담스럽지만 즐겁기도 합니다. 그리고 저희 세대와는 여러모로 다른 세계를 만나는 것 또한 재미있구요. 아마도 노인일수록 속마음을 쉽게 열어 보여주지 않나 생각됩니다. 제가 나이가 어리고, 또 문 목사의 아들이라는 점도 있지만 세대의 특징일지도 모른다는 생각이 듭니다. 저희 아랫세대로 내려가면 도무지 녀석들의 속마음이 어디 있는지

참 알아내기 어렵다는 느낌을 받거든요. 그것이 나와의 일에 있어서의 이해득실, 또는 경쟁관계 등의 영향인지, 또는 한참 자라나는(세상을 헤쳐나가는) 과정에 있기에 생겨나는 긴장 때문인지, 또는 요즘 서구 문명의 영향이 이 세대에게는 본격적으로 체질화되어 나타난 때문인지는 잘 모르겠지만요.

아무튼 노인들은 욕심 없이 마음 넉넉하게 열어 놓고 계실 때 그리고 삶에 있어서 한두 가지 소중한 일을 남겨 놓고 그 일에 어린아이처럼 매달리실 때, 참 보기 좋고 친근하게 느껴집니다. 은숙은 제가 방 선생님과 부담없이 즐겁게 지내는 것을 보면 신기해하지요.

보람차고 즐거운 나날 되시기를 기도합니다.

만이 올림. 

1992. 5. 20.

지하철에서 내려 어느 쪽으로 나갈까 두리번거리고 있는데, 어떤 젊은이가 제게 오더니 혹시 도 닦는 분이 아니냐고 묻는 것이었습니다. 아니라고 했더니, 그럼 왜 수염을 기르냐는 겁니다. 여보, 수염 기르면 다 도를 닦소, 하니까 그런 게 아니라 자기가 보면 안다고, 어떤 식으로든 도와 관련이 있는 분이 틀림없다고 하면서 도에 대해 같이 공부해 볼 의향이 없느냐고 전화번호를 적어주더군요.

또 얼마 전에는 지하철을 타려고 걸어가고 있는데, 어떤 청년이 황급히 따라붙으면서, "너무 뜻밖의 질문이라 어떨지 모르겠지만, 선생님은 자신의 본체가 무엇이라고 생각합니까" 하고 묻더군요. 그러면서 본체는 구도를 통해 발견할 수 있다고 하면서 자신들과 같이 마음을 닦아보지 않겠냐는 것이었습니다.

나는 이만 이쪽으로 가봐야겠소 하고 손을 내미니까 꼭 같이 공부하고 싶다고 하더군요. 본체란 것이 어디 따로 있는 게 아니라 역사 현실 속에 얽히고 설켜서 살아나가는 것이기에 본체를 발견하려고 애쓸 게 아니라 내게 주어진 역사 현실을 충실히 따라가야 한다는 게 나의 입장이오. 당신의 입장과는 다르니 이만 헤어집시다고 했지요. 그랬더니, 그게 아니라고 우기길래 그만 그를 떨쳐버리고 길을 가고 말았습니다.

수염을 기른 후 제 외양이 달라진 탓인지 이런 뜻밖의 일도 겪게 되네요. 수염 하나를 달아서라기보다 수염을 기르면서 저의 느낌이 전체적으로 달라졌기 때문이 아닐까 합니다.

그것이 작년 6월이었네요. 정원식 사건과 광역선거 패배 후 하루아침에 폐가가 되어버린 듯한 상황에서 내가 할 일이 무엇인가? 우선 좀 더부룩하게 지내보고 싶었고, 그러면서 수염이 자랐고 또 모든 것을 보다 신중하게 대하지 않으면 안 되겠다고 생각하게 되었던 것입니다. 그것이 저의 분위기를 그렇게 바꿔 놓았던 게 아닌가 생각됩니다.

늘 건강하시기를.

만이 올림.

P.S. 어머니는 미국 비자가 나와서 28일에 미국으로 이모와 같이 가신답니다. 약 한 달 더 체류하실 것 같습니다.

1992. 5. 22.

광주항쟁 기념 주간임에도 민예총에서는 아무런 행사도 꾸미지 못하고 지나가고 있습니다. 우리의 운동 지도부들은 사업 배치의 균형을 이렇게도 생각할 줄 모릅니다.

그러던 차에 작가들은 그래도 그냥 지나칠 수는 없지 않느냐 하는 심정에서 작가회의 청년위원회 주최로 조촐한 '5월 문학의 밤'을 열었습니다. 참 한심하더군요. 돌이켜보면 2년 전 광주항쟁 10주년 기념식 때 연세대 노천극장에서 적어도 1만여 명의 관중과 함께 시와 노래로 소리 높여 기리던 그 광주가 어째서 같은 사람들이 만드는 일인데도 기껏 40~50명 문학인들의 풀죽은 목소리로 변해버리고 말았는지요.

이기형, 김남주의 낭송조차도 빛을 잃고 자신감이 보이질 않았고 오직 광주에서 올라온 고규태의, 국민의 마음으로부터 광주가 소멸되어 감을 일깨우는 소리만이 귀에 남아 있을 뿐입니다.

또 한 사람의 내객來客도 없는 이 광주항쟁 기념 문학 행사에

서 읽은 성명서는 5공화국 주역과의 화해를 규탄하고 있지
만, 그 성명서가 국민 대중의 귀에까지 전달될 것으로 믿는
사람은 아무도 없었습니다.

뒷풀이에서, 김명식 시인의 섭섭해하는 말과 박용수 선생의
온몸을 흔들어대는 '노래', 그리고 몇 잔의 술로 그날의 행사
를 마감했습니다.

균형감각, 그것을 되찾아야 합니다. 당대 대중의 관심의 흐름
에만 따라다녀서는 절대 안 됩니다. 대중의 표면적 관심에서
멀어졌다 하더라도 대중의 마음속에는 간직되어 있습니다.
그 하나하나를 지도부가 늘 살펴주어야 합니다. 대중 스스로
는 잊고 있더라도 그 일을 계속해야 합니다.

생각해 보면 간결한 주기도문은 빠질 것 없이 꽉 찬 기도가
아니겠습니까?

오늘은 이만 쓰겠습니다.

맏이 올림. 

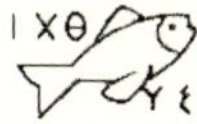

1992. 5. 23.

오늘은 어머님의 편지와 사진, 꽃들을 보냅니다.

즐거운 만남이 되시기를 바랍니다.

맏이 올림.

1992. 5. 25.

진관 스님이 안부가 궁금하다고 전화하셨고 박형규 목사님의 사모님이 전화하셨고요. 광릉으로 이사를 가셨는데, 교통은 좀 불편하지만 공기가 좋아서 산보를 즐겨 하신다고 합니다.

김귀정 추모 행사에 나오라고 연락이 왔는데 못 갔습니다. 가엾은 귀정이, 아직 사인규명이 안 되어 보상도 못 받고 있다고 합니다. 추모 행진이 성균관대에서 대한극장까지 돌았다고 합니다. 경대 행사에는 못 가도 귀정 행렬에는 같이하고 싶었는데……. 민예총 내부에 문제가 있어서 귀정이 장례 행사를 제가 맡아 하지 못했던 게 마음에 걸리는군요.

외대에서도 '임수경 문학상' 시상식에 나오라는 연락이 왔는데 못 갔습니다. 젊은 아이가 3년씩이나 갇혀 있으니 얼마나 힘들까요……. 임수경의 석방을 위해 우리가 힘을 못 모아주는 것이 안타깝습니다.

이번 주말에 '환경의 날' 행사를 맡아 바쁘게 지내고 있습니다. 너무 공부들이 안 되어 있더군요. 구석구석 할 일이 너무

많습니다. 어떡하겠습니까? 차근차근 해나가야지요.

이오덕 선생님께 정사해서 보내드렸습니다. 너무 황공해하시더군요. (전화로 주소 확인하느라고) 전택부 회갑 기념 문집은 찾지 못했습니다. 다음에 찾게 되면 보내드려야지요.

요즘 무슨 책을 읽으시는지……, 필요하신 책이 있으면 알려주세요.

늘 건강하시기를.

맏이 올림. 

1992. 5. 26.

작가회의 행사 뒷풀이에서 여러 분들과 즐거운 시간을 가졌습니다. 그 중에는 인천의 어느 성공회 신부이신 시인도 있었고 성서공회에 나가는 전무용이라는 젊은 시인도 있었습니다. 전무용 씨는 아버님 교정지 관계로 저하고 통화했었는데, 대면하기는 그날이 처음이었습니다. 아버님 교정지가 크게 도움이 된다면서 다음 교정본이 나오는 대로 보내드린다고 하더군요. 술을 꽤 많이 마시고 헤어졌는데, 주머니에 전 시인의 시가 몇 편 꽂혀 있네요. 그 중 한 편을 보내드립니다. 아버님의 성서 작업을 이런 시를 쓰는 젊은이가 받아서 하고 있다는 것을 아시면 좋으실 듯합니다.

딸기가 익어갑니다. 어머님이 봄에 모종을 사다 심으신 딸기가 주인 없이 익어가는 사이 저희가 한 톨 두 톨 따다 먹습니다. 집에서 익힌 딸기의 맛이라니! 아버님께 전해드리지 못해 죄송스럽군요. 오늘은 이만 쓰겠습니다.

맏이 올림.

전대협 출범식이 한양대학에서 열리고 있는데, 제가 일하고 있는 어린이대공원에서 멀지 않기에 잠깐 짬을 내어 가보았습니다. 분위기라도 살피고 싶어서였지요.

한양대에 10만이 모였느니 5만이 모였느니 하는데, 아무튼 사람들로 꽉 찼더군요. 그것은 무슨 '식'도 '대회'도 아니고 완전히 '노는 판'이더군요. 말하자면 '축제'인 셈이죠. 뜻이 비슷하면, 꼭 같지는 않더라도 비슷하기만 해도 다들 모여서 한판 크게 어울리고 노는 판, 얼마나 좋던지요. 제가 그렇게 좋은데 학생들이야 오죽하겠어요?

작년 8·15 범민족대회 때 통일운동이 심한 타격을 받고 전체운동이 크게 위축되었음에도 학생들의 동력은 끝내 살아남아 경희대를 축제판으로 만들어 놓았구나, 그 힘의 동력이 바로 여기 있었구나 하는 생각이 들었습니다. 전대협 출범식이라는 축제의 마력이 학생들을 사로잡았고, 8월에 그런 판을 하나 더 만들어내고야 말겠다는 의지로 작용했던 것이지요.

올해 8·15가 그렇게 될 수 있을지요. 보다 폭넓은 시민 대중과의 축제가 되려면 무엇보다도 이산가족 상호 방문을(양쪽 정부가 주도하는 것이더라도) 축하하고 환영하는 자세를 보여야 하지 않나 생각합니다. 그러자면 남북합의서 채택을 축하해야 할 것 같구요. 글쎄요, 우리 통일운동의 경직성이 그만큼 풀릴 수 있을까요? 또 그만큼 우리가 푼다고 해도 정부나 시민 대중이 호응해 줄지 저로선 판단이 잘 서지 않습니다. 천생 굿쟁이라서 흐드러진 판만 만나면 또 한 번 이런 판을 열 수 없을까를 먼저 생각하는 저인지라 이런 꿈을 꾸어보는 것인지도 모르지요. 그러나 아무튼 8월은 민족을 생각하는 마음이 얼추 비슷하기만 하면(조금 다른 건 다 팽개치고) 누구나 다 크게 어울려 한판 흐드러지게 놀 수 있기를 기대해 봅니다. 누구나 그 여름을 가슴 설레이며 기다리는 봄, 뿌듯하게 기억하는 가을과 겨울로서 한 해를 채우는 민족으로 살아가기를, 그리고 해마다 저는 그 판의 한구석이라도 맡아 작은 작품을 연출하는 일생을 보내게 되기를 희망합니다. 굿쟁이로서 최고의 꿈을 오늘 한 번 펼쳐봅니다.

늘 건강하세요.

맏이 올림.

1992. 6. 2.

최열의 이야기를 듣고 나서 유시춘은 운동권의 레임덕 현상과 유사하다고 하더군요. 운동의 주체, 주류, 지향점이 상실되고 나자 그동안 관계를 지켜왔던 최소한의 인간적 신의까지도 저버리는 현상이 일어난다는 거지요. 그리고 그런 현상은 최열뿐 아니라 여러 곳에서 일어나고 있다고 합니다. 글쎄요, 유시춘은 좀 비관적으로 보는 경향이 있기는 하지만, 아무튼 요즘 분위기가 상당히 침체되어 일종의 의욕상실증 비슷한 현상이 눈에 띈다고 할 수 있겠습니다.

저는 그것을 새로운 개편을 향해가는 필연적 과정이라고 보는데요. 30년 이상 계속된 TK 군부세력의 지배가 어쨌든 쇠퇴되어 가는 이때에, 바로 그 지배세력에 대항하는 과정에서 진영이 새로 재편되는 것은 당연한 일이지요. 지금까지 서로를 묶어주었던 반파쇼의 연대의식이 엷어질 수밖에요. 그렇다면 새롭게, 우리를 묶어낼 수 있는 힘은 어디서 나오는 것일까요? 그리고 우리 중 많은 부분이 제도권으로 편입되거나

개량화되어 가는 이때에 어떤 새로운 목표가 설정되어야 할
까요?

저는 크게 두 가지로 봅니다. 하나는 각 부문 운동이 지금까
지는 반독재 투쟁으로 힘을 소모해 왔다면, 그 힘을 각 부문
운동 자체의 여건 개선과 민주화를 달성해 내는 방향으로 조
정되어야 한다고 생각합니다. 이것은 운동의 탈정치화로 생
각될 수도 있겠지만, 사실은 진정한 의미에서의 풀뿌리 민주
주의를 심어나가는 기초가 된다고 봅니다.

또 한 가지는 통일조국 건설의 이상으로 힘을 모으는 것입니
다. 이것은 너무나 당연한 것 같은데도 여러 부문에서 간과되
고 있는 듯합니다. 예컨대 '통일조국의 문화 건설'이라는 목표
가 가시적이 될 때 문예 일꾼들의 활동 양상 또한 크게 달라
질 것입니다. 그때가 정말 코앞에 닥쳤음에도, 우리 문예 일
꾼들은 전환기의 혼란 속에 무기력하게 주저앉아 있습니다.

이와 같은 두 가지 목표가 확실해지면 지금까지의 적과 동지
의 개념도 크게 바뀌게 될 것입니다. 적이라고 생각했던 부분
에서 협조가 가능하고, 동지라고 생각했던 부분에서 배신이
나오는 경우도 많겠지요. 한동안 인간적인 섭섭함들을 많이
경험하게 될 것이고요.

이런 관점에서 8·15 범민족대회를 합의서 축하 행사 쪽으로 만들어내 보면 어떨까 하는데요. 많은 부분에서 오해와 배신감을 경험하게 되더라도 말이지요.

하루하루 열심히 살려고 노력합니다. 화요일은 저녁마다 연출을 공부하려는 젊은이들과 학습의 시간도 갖고 있습니다.

현충일에는 바우를 데리고 찾아뵙겠습니다.

건강하시기를 기도하며,

맏이 올림. 

1992. 6. 3.

베토벤의 「피델로」 번역 작업이 거의 끝나갑니다. 가사에 이런 표현이 많이 나오더군요. unnennbare Leiden, namenlose Freude, übergrosse Lust 등에서 보듯, 감정이 어느 정도 고양되면 그것을 어떤 식으로든 표현하려 들지 않고 '표현할 수 없는'으로 처리해 버리는 것입니다. 뭐든지 조금만 커지거나 강해지면 거기서부터는 이성적 규제나 파악의 범위를 넘는 것으로 치부하고 눈 딱 감아버리는 거죠. 모차르트나 헨델과는 상당히 차이가 납니다. 마지막 순간까지도 '표현'을 추구했던 그들과는 다르지요…….

베토벤의 바로 이런 점이 19세기 벽두에 그를 위대하게 했지만, 동시에 19세기인들의 맹목盲目(눈감음)에도 기여하지 않았나 싶습니다. 서양의 죄악이 이미 깊을 대로 깊어져 돌이킬 수 없는 지경까지 내달았던 것이라 볼 수도 있지만, 예술가가 그런 추세에 편승해 버리거나 더욱 적극적이게는 그런 추세를 자기에게 유리하게 활용했다면 그게 무슨 정직한 예술가

이겠습니까. 더구나 모든 사람에게 추앙받는 '위대한' 예술가이겠습니까.

베토벤에 대한 이런 의구심은 꽤 오래 전부터 품고 있었지만 집중적으로 공부해 보지는 않은 터라 누구한테 얘기는 못해 봤습니다. 이번 「피델로」 작업에서(분명히 그의 위대함을 다시 발견하면서도) 이런 혐의가 더욱 짙게 느껴지더군요.

이철 어머니, 이태복 어머니 등에게서 안부 전화가 왔었고요, 서광태 가에서 수박을 보내왔군요. 모두 감사드립니다. 그동안 무슨 일만 있으면 늘 의논드리러 찾아뵈었던 삼촌이 막상 떠나시고 나니 얼마나 섭섭한지요. 공항까지 나가려 했는데 차가 짐으로 가득차서 전송은 못해드렸습니다.

영미는 친구와 그 집을 이용해 뭔가 지역사회 어린이들을 위해 사업을 구상하고 있나 봅니다. 지금은 환경회의로 리오Rio에 가 있는데, 돌아오는 대로 뭔가 시작하겠지요. 그 빈 집은 같이 살 친구가 지키고 있답니다.

어머니는 요즘 전화도 안 하시는 걸 보니 바쁘고 재미있게 지내시나 보지요? 오랜만에 뵙고 싶었던 분들과 즐거운 시간이 되시기를 기도할 뿐입니다.

정원식 사건 1주년이군요. 일년 전의 뜨거웠던 일들이 모두

먼 옛 일처럼 느껴집니다. 제가 언제 말씀드린 적이 있는 것 같습니다만, 민중도 쉴 때가 있다고, 쉬는 동안 힘의 축적이 이루어진다고요……. 쉬면서 치열하게 모색하고 고민하고 있다고 믿습니다. 그래서 또 한 번의 기적을 연출해 내리라 믿습니다.

내내 건강하시기를,

맏이 올림. 

「피델로」의 완성을 위해 이틀간 두문불출했는데 결국 완성 못하고, 이 편지는 6일 면회 가는 길에서 쓰고 있습니다. 4, 5일 양일간 약 20시간 정도 작업하면 완성할 수 있을 줄 알았는데, 마음대로 되지를 않는군요. 고도로 집중된 하루 10시간의 작업은 무리이기도 했지만 베토벤의 텍스트에서 의외로 맛을 내고 싶은 구석들을 많이 찾아내 시간이 꽤 걸렸습니다.

6일 새벽에 출발하여 지금은 고속도로를 벗어나 울성에서 해장국집에 앉아 있습니다. 새벽에 잠시 들른 고속도로 휴게소에는 새벽부터 무질서한 행락객들이 바글거렸고, 어젯밤 늦게까지 연휴를 위해 이곳을 지나쳤을 수많은 인파의 흔적이 널려 있었습니다. 꼭 현충일이라서가 아니라 휴일만 되면 벌어지는 이 탐욕스런 행락객의 꼴들은 참으로 보기 민망합니다. 옆에 앉으신 방 선생님은 하필 "그놈의 자식들이 현충일에 아버님을 모셔간" 일에 대해 한탄을 하셨고요. 옛날 하동관에서 깍두기 담그는 것을 배웠다는 해장국집 아주머니는 밤새 낚시꾼들한테 시달렸다고 투덜거리면서, 느릿느릿 피곤한 몸으로 우리에게 국밥을 내어줍니다. "하동관 곰탕 300원할까" 하시던 아버님 시 구절이 생각나는군요.

안개 낀 새벽, 충청도 길을 가면서 안에 계신 아버님을 생각합니다. 총총.

맏이 올림. 

오랜만에 하는 세 식구의 자동차 여행이라 안동에 오가는 길에 좋은 곳도 둘러보고, 실은 여유있고 푸근한 여행이기를 바랐었는데 방 선생님의 건강 때문에 그렇게 되질 못했습니다. 가는 길에 벌써 한 번 멀미를 하시더니 돌아오는 길 내내 식은땀을 흘리며 괴로워하시는 것이었습니다.

제가 방제명 선생을 처음 뵌 것은 할머님 돌아가실 때 병원에서였는데, 그후 자주 뵙게 되는군요. 똑같은 내용을 반복해서 말씀하실 때가 많아도 제가 열심히 경청해 드리고, 또 술동무도 되어드려서일 것입니다. 단순하지만 좋은 분이라서 어느새 꽤 정이 들었는데, 건강이 참 걱정입니다. 술 때문에, 그 술이라는 것은 마음 때문에 자꾸 더하게 되는 것이겠지요. 그리고 그분의 경우 "전라도 새끼들" 한테 당한 배신감이 크게 자리잡고 있지 않습니까?

1987년 대선 이후 그토록 엄청난 충격을 국민에게 안겨주고도 아무도 책임지는 사람이 없다는 것에 저는 더욱 큰 충격을

받았었는데요……. 반성하고 참회하기는커녕 서로 책임을 전
가하는 데 급급해하지 않았습니까? DJ는 얼마 전에 그때 일
을 후회한다고 했지만 국민의 마음을 그렇게도 읽지 못하는
정치 지도자(또는 지도층)가 무슨 참희망을 줄 수 있을까요.
마음이 통하는 세상이 그리울 뿐입니다.
'고정희 시인 추모의 밤' 안내장을 동봉합니다.
건강하세요.
만이 올림. 

1992. 6. 6.

이해할 수 있는 얘기지만, 저 같은 사람이 어느 날 갑자기 민중음악 진영에 나타났을 때 사람들은 그 '저의'가 무엇인지 의심하지 않을 수 없었겠죠. 이쪽 활동을 발판으로 삼아 '출세'하려는 게 아닌가 하는 의심과, 비판적으로 지지했던 '정파의 이익'을 관철시키려는 게 아닌가 하는 의심이라고 하겠습니다.

개인적으로 봤을 때 저는 제도권에서 누릴 것은 다 누렸다고 생각했습니다. 무슨 큰 장長 자리도 못해봤고 교수직 등 안정된 자리도 누리지 못했지만, 연출가로선 할 것 다 해봤다는 심정이었지요. 현재의 제도권에서는 한 연출가로서 더 이상 욕심낼 게 없다는 뜻이었습니다. 그 이상의 예술적 욕심을 이쪽에서 구해보려 한 것이지요.

정파적 이익이라는 것에 대해서는 저는 좀 우습게 생각하는 편인데요. 사회주의 운동이 한국전쟁을 통해 초토화된 이후 1980년대 후반에 다시 조심스레 싹트기 시작한 지 겨우 몇

년이나 되었으며, 세가 얼마나 되길래 거기서 정파를 나누어 다투냐는 것이지요. 한마디로 과대망상입니다(물론 그 운동이 소중하고 앞으로 계속 발전시켜 나가야 할 것임은 사실이지만).

더구나 그것이 예술운동이라고 할 때는 더욱 우습지요. 예술은 기본적으로 마음을 갖고 하는 것입니다. 사상의 기초가 있어야 하지만 거기서부터 마음으로 형상形象을 만들고 그 마음으로 만든 형상을 통해 대중과 소통하는 것입니다. 그러므로 그것(그 형상)은 대중의 마음속에 전달되어 새로운 마음의 형상을 이루는 것이죠.

마음과 사상은 서로 통하지만, 그러나 엄연히 다른 범주category입니다. 따라서 사상의 과학(사상의 문법文法)으로 마음을 파악할 수 없고, 마음의 문법으로 사상을 형성할 수 없습니다. 그 둘은 분명 하나이지만 다른 문법을 갖고 있습니다.

이런 사실을 혼동해서 사회과학의 원리를 예술운동에 적용하고 '과학화'를 운위하면서 으스대는 무리……. 처음에는 잘 몰랐지만 가면 갈수록 그들이 얼마나 유치한 수준인가를 절감하게 됩니다(그리고 사회주의권의 몰락 이후 제일 먼저 좌절하여 탈락하는 부문이 바로 그들입니다).

의심과 오해 속에 몹시 고통당하면서 지난 3년 남짓 일해 왔

지만, 이제 제법 마음 통하는 동지들이 주변에 보이기 시작합
니다. 아직도 많은 부분에서 흔쾌하지 않은 것이 또아리 틀고
있지만요.

오페라에 대해 쓰려고 했는데, 서두가 길어져서 이렇게 되었
네요. 또 쓰죠 뭐. 서경원 부인의 안부 전화가 왔었습니다.

늘 건강하고 명랑하시길,

맏이 올림. 

통일조국의 문화는 어떻게 펼쳐질까요?

동북아 문화권의 한 중심지로서 세계 문화가 동북아적 특색 속에 아름답게 교류되고, 민중의 예술성이 자연스럽게 펼쳐지며, 민족의 대화합을 지속적으로 일구어낼 '민족 예술'이 강력한 모습으로 자리잡는 그런 것이 아니겠습니까? 적어도 그런 문화를 꿈꾸는 것 아니겠습니까?

그런 미래를 향해 지금의 저와 제 주변의 예술 역량이 어떻게 펼쳐져야 할지를 구상해 봅니다. 그 구상 속에, 특히 은숙의 노년을 생각하면서 오페라의 동북아적 발전을 위한 한 기초를 저와 연결하여 마련할 수는 없을까 생각해 봅니다.

제 자신으로 말하면 민족문화 전체의 여러 부문들과 다양한 모습으로 엉켜들게 되었기에 그런 관계들을 창조적으로 발전시켜 '민족문화의 구상' 쪽으로 작업을 계속해야 하지 않을까 생각합니다. 북한 음악인들과 대화하던 자리에서 제가 우스갯소리 비슷하게 "남북교류의 총연출이 필요하다"고 한 일이 있는데, 연출producing 작업 최고의 구상이 아니겠습니까?

좀 엉뚱해서 과대망상 같을지도 모르지만, 예컨대 8월을 전 민족적 지역주의 청산의 대축제로 발전시켜 나가겠다는 구상을 누군가가 내오고, 그것을 꾸준히 현실화시켜 나갈 수 있다고 보는 거지요. 민족 전체의 문화 설계 또한 뜻 맞는 동지들을 만나 잘만 작업하면, 그것이 민족문화 전체의 청사진은 될 수 없을지라도 웬만한 방향 제시는 돼줄 수 있지 않을까, 적어도 민족문화 건설의 참고지침 정도는 만들어볼 수 있지 않을까 하는 것이지요.

얼마 전부터 생각해 오던 것인데, 몇몇 동지들과 구체적인 가능성에 대해 이야기를 시작해 보려 합니다. 잘 될지는 물론 아직 알 수 없고요.

활짝 웃으시는 모습이 모두들 보기 좋다고 말합니다. 후원회 엽서 하나 동봉합니다.

늘 건강하시기를,

만이 올림.

1992. 6. 8.

같이 일하는 사람들에 대한 불만이 어딘들 없겠습니까? 제 편지에서도 몇 가지 그런 말씀을 드린 적이 있습니다만 통일 운동하시는 어른들 사이에도 그런 이야기가 많아서 좀 불안하고 안타깝습니다. 운동이 어려운 때이기에 더욱 그러한지도 모르겠지요.

조성우가 9일에 출감합니다. 나오는 거야 일단 반갑지만 얼마나 시끄러우랴 싶기도 합니다. 이해락 목사님도 며칠 후면 나오신다고 하고 그런가 하면 먼저 나온 권형택은 집안이 기울어 당분간 장사를 해야 한다는 이야기가 들리고요…….

저를 의기소침하게 하는 일 중에서도 동지들로부터 받게 되는 실망감, 배신감이 가장 크지 않을까 싶습니다. 상당히 긴 기간의 저의 침체도 그런 것이 원인이겠지요. 그러나 그런 기간을 거쳐내는 동안 '사람'에 대한 관심과 이해가 그만큼 커지고 있음을 깨닫게 됩니다. 지금껏 제가 너무 일에만 매달렸지 사람 돌아볼 줄 몰랐다는 사실을 깨닫고 있습니다…….

마당에 심은 콩넝쿨이 자라고 있는데 아직 지주도 꽂아주지 못했습니다. 심지도 않은 곳에서 해바라기가 힘차게 솟아오르고 이름 모를 잡초들이 소박하고 예쁜 꽃들을 피워올립니다. 이 꽃들의 이름을 알아내려고 식물도감을 뒤적거려보았지만 찾기가 쉽지 않군요. 애정을 갖고 읽다보면 찾아질 날이 있겠죠.

건강하시기를 기도하며,

맏이 올림. 

1992. 6. 9.

오늘은 그동안의 사진 몇 장과 어머님의 엽서, 영국교회 주보
등을 보냅니다. 반가운 만남이 되시길 바랍니다.

밖에서 제가 아버님 대역代役하는 모습이 재미있으신지요?

명렬이 귀국하여 전해준 말에 따르면, 어머님은 미국에서 잘
계시고, 다음주엔 삼형제가 같이 캐나다로 여행할 거라고 합
니다.

얼마나 재미있을까? 생각만 해도 미소를 금할 수 없네요.

늘 건강하시기를,

맏이 올림. 

1992. 6. 10.

「피델로」를 밤새워 탈고한 새벽입니다.

여러 가지로 신경 쓸 일이 많은 와중에 베토벤의 고집스러움과 씨름하는 것은 꽤나 버거웠습니다. 그렇지만 마지막 5분을 버텨내는 자가 최후의 승자가 된다는 교훈을 생각하며 끝을 맺을 수 있었습니다.

오늘은 그동안 아버님 앞으로 쌓인 우편물을 같이 보냅니다. 어머니는 따로 주소를 부쳐서 전송하시곤 했지만 저는 이 방법이 더 안전할 듯 싶군요.

고정희 시인 추모 프로그램도 보냅니다. 바깥 세상에는 이렇듯 번거로운 일이 많았지…… 하고 느끼실 것 같네요.

늘 건강하시기를,

맏이 올림. 

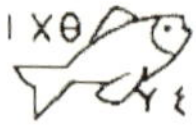

1992. 6. 11.

평화실현학생연맹 발족행사가 있어 광주에 내려왔습니다. 전야제 행사로 학생들이 노래하고 춤도 추고 축제를 벌이고 있습니다. 안치환 군의 공연도 있었고 밤에는 이곳의 몇몇 문화동지들과 술자리를 하며 여러 가지 이야기가 오갔습니다.

광주는 우리에게 무엇일까요? 1980년대 우리의 의식을 강타하며 등장한 광주, 그것은 우리의 시대정신을 끊임없이 일깨웠던 '자극원'이었습니다. 이제 1990년대의 광주는 무엇일까요? 새로운 공동체(두레)와 지방자치의 모델, 새로운 지방문화와 나아가 민족문화의 모델을 가장 선도적으로 창출해 낼 가능성을 가장 많이 갖고 있는 곳이 광주가 아닐까 합니다.

느긋하게 뻗어 있는 무등산을 바라보며, 푸르른 가로수(이상한 외국 이름의 가로수입니다)와 방심한 듯하면서도 무엇엔가 골몰해 있는 듯한 사람들, 헤어지면서 "어찌끄나" 하고 툭 내뱉는 동지의 손을 놓으며 광주의 부활을 그려봅니다.

많이 올림.

12일 광주에서의 평화실현학생연맹 발족식은 초라했습니다. 광주 5개 대학(그 중 셋은 전문대학) 발의로 구성된 이 연맹은 통일을 향해가는 과정에서 우리가 해결해야 할 사안들을 평화라는 관점에서 활동해 나가자는 취지였지만 반전, 반핵, 민족자주의 성격을 강하게 띠었습니다. 지선을 위시한 몇몇 어른들의 격려사는 모두 학생조직의 분열, 중복 내지는 혼선을 염려하고 있었고, 이를 의식한 듯 남총련 의장이 나서서 지지 연설을 하기도 했습니다. 하지만 광주 운동권이 지자제 실현을 위한 단식투쟁을 전개하고 있고 전남대에서는 시험이 겹쳐 있는데다가 겨우 학생 1~200명이 모여서 시작된 이 연맹이 과연 무얼 할 수 있을까 걱정스럽더군요. 아직 평화라는 주제가 광범위하게 공감대를 얻지 못하고 있는데, 이를 선도적으로 부각시키려 하거나 전문대생들을 보다 대중적으로 조직해 냈다는 것이 어떤 의미가 있는지 모르겠습니다.

이번 여행에서 즐거웠던 점은 지선과 가까워진 것이지요. 행사 후 몇몇 문화 관계 인사들과 술자리를 같이하게 되었는데, 따져보니 그와는 1946년생의 같은 개띠였습니다. 우리 시대 같은 개띠들, 김남주, 윤정모, 김용태 등과 '개판' 한번 만들어보면 어떻겠느냐고 하면서 웃었습니다.

민주정부 수립을 위해 필요하다면 국민당과도 연대할 수 있는 유연성을 발휘해야 한다고 역설한 그의 말이 인상적이었구요. 전국연합을 하면서 고통을 많이 받고 있는 듯, 끝내 분열을 주장하는 세력에 대해 이제는 거의 짜증스러워하는 것 같은 모습이었습니다. 충분히 이해가 되는 일이었지요. 전국을 좁다고 뛰어다니며 열정적으로 대동단결을 외치는 그의 뜻이 꼭 이루어지기를 기도합니다.

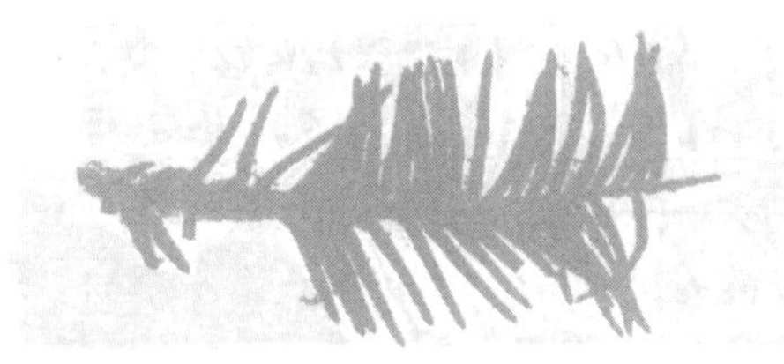

밤기차를 타러 가는 길에 광주 가로수의 잎을 몇 개 따서 주머니에 넣어 왔는데, 보잘것없지만 편지에 넣어 보냅니다. 어

머님이 아버님께 꽃을 눌러서 보내드리는 마음을 이제야 이해할 것 같군요. 광주의 희망을 이렇게 표현해 봅니다.

늘 건강하시기를,

만이 올림. 

1992. 6. 13.

연세대 노천극장에서 세 번째 민족민주열사 범국민 추모의 날 행사가 열렸습니다. 예상만큼 많지는 않았지만 노천극장이 거의 찰 정도였고 무난하게 진행되었습니다. 박형규 목사님이(시골에 사셔서 건강해지신 모습으로) 추모사를 하시는 중에, "열사들의 이름이 교과서에 오르고 대학입시에서 열사들의 이름을 다 알아야만 될 때 민주화가 된다"고 하셔서 박수를 받았고요. 이부영 선생이 자기가 현재 속한 집단이 열사들을 위해 제대로 활동을 하고 있지 못하기에 이 자리에 나오기를 망설였으나 옛 동지들의 모임이라서 나왔노라며 의문사 진상 규명과 구속 인사 석방 등을 위해 노력하겠다는 추모사를 무게 있게 해주어 좋은 반응을 얻었습니다. 박계동, 김병오, 이길재, 유인태 의원도 왔었고 진관 스님이 절절한 음성으로 추모시를 낭송했고, 특히 승가대생들의 바라춤이 인상적이었습니다.

헌화 시간이 되어 가족들의 울음소리가 이따금 들려오는 가운데, 구석에 앉아 눈물짓고 계신 이기형 선생님의 손을 잡고 함께 헌화 행렬에 나섰습니다. 누구에게 헌화할까 하다가 귀정이 앞엔 이미 꽃이 여럿 놓여 있어서 경대 장례식날 신촌에서 분신하신 이영순 열사 앞에 꽃을 놓아드렸지요. 학생운동을 하다 지난 4월에 과로로 숨진 이상렬 열사의 어머니는 영정을 붙들고 오열하시다가 가족들의 팔에 끌려 나오면서, "상열아, 꿈속에서라도 만나자!" 하고 몸부림치는 바람에 주위에 있던 많은 분들의 눈물을 자아냈지요. 이런 심정이 어찌 상열이 어머니뿐이겠습니까.

박정기 회장의 인사말 중에서, "이제 우리 유가족은 또 일년을 살아갈 힘을 얻었습니다"는 말씀도 여러 사람의 가슴을 뭉클하게 해주었습니다.

촛불 행진이 연세대 정문에서 막혀 있는 것을 보면서도 저는 다른 일 때문에 그 자리를 떠야 했습니다. 작년에 성균관대에서 유가협까지 행진할 때는 어머님이 끝까지 참례하셨었는데…… 하는 생각이 났습니다. 아버님이 계셨더라도 끝까지 같이 계셨을 텐데, 다른 어른들의 모습이 보이지 않아 안타까웠습니다.

전태일 열사의 어머님 이소선 여사께서 아버님 주름살이 많아지셨다고 걱정하시더군요.

늘 건강하시기를…….

맏이 올림. 

1992. 6. 14.

그날 면회 다녀온 이후 방 선생님은 계속 아프시다고 합니다. 주일에 전문가를 모셔와서 어머님이 돌보시던 화분을 잘 돌봐주시겠다고 하시더니, 못 오시겠다는 연락이 왔네요.

"배맛"이라고 표현하신 그분의 성품은 단순명료함에서 우러나오는 듯합니다. 단순명료하기에 거칠 것이 없고, 목표한 바에 따라 직선적으로 달려갈 수 있지만, 그것이 여의치 않을 때는 좌절하고, 좌절됨으로써 결국 꺾여버리고 마는 것이 아니겠습니까? 복잡한 세상을 복잡하지 않게 살려고 하니 그게 마음대로 되겠습니까?

사람됨을 남성다움, 혹은 여성다움으로 나누는 것이 옳은 일인지 모르겠습니다. 그러나 그렇게 나눌 수 있다고 했을 때 남성다움이란 크게 꿈꾸고 실천하기 때문에 큰일에는 능하지만 작은 일들은 놓치게 되는 결점도 아울러 갖고 있음을 뜻하겠지요. 작은 일을 무시할 수 있음이 남성다움의 요체가 아니라 큰일이 있기에 거기에 수반되는 작은 일의 무시가 합리화된다고 생각합니다. 그러므로 남성다움이 겉멋이냐 아니냐의 판단은 거기서 이루어지리라 생각됩니다.

깡패사회가 남성적인 것 같지만 사실은 사악한 것이듯, 그 깡패사회의 논리, 윤리, 버릇 이런 것들로 무장하고 '뜻'을 다루는 일에 뛰어들어 행패부리는 것이 어찌 남성답다고 하겠습니까. 너무나 작은 그릇임에도 불구하고 가장 큰 것처럼 행세하려다 보니 생길 수밖에 없는 무리無理…… 이제 사람들도 그 정체를 다 알게 되었는데, 아직도 젊은 세대에서 그 허상에 끌려가는 세력이 있다니오. 방 선생님은 사실 그런 겉멋의 남성다움에서 출발했지만 이제는 깨끗한 배맛의 성품에 도달하신 듯해 보입니다. 속은 한없이 여리시잖습니까. 큰뜻과 큰일은 강철 같은 단련의 과정을 거쳐야 실현될 테지요. 남성다움의 본질은 거기에 있으리라 봅니다. 크게 꺾여도 언젠가는 또다시 꿈틀하고 일어날 수 있는 힘 말입니다.

고정희에 대해 쓰신 걸 읽으면서 느낌과 함께, 생각도 조금은 절제되어야 하지 않을까 생각해 봅니다. 오늘은 제가 건방진 말을 많이 했습니다. 용서해 주시기 바라구요.

아버님의 건강을 기도하며,

맏이 올림. 

1992. 6. 15.

"모든 사라지는 것들은 뒤에 여백을 남긴다"

고정희 시인의 시집 제목인데 한국말로는 어색하지 않나요?

"사라지는 모든 것"이 더 어울리고 그보다는 "모든 것은 사라지면서"가 더 매끄럽죠. 아예 우리말로 풀어보면 이렇게 됩니다. "뭐든 다 사라지지만 뒤에 뭔가를 남긴다."

'모든 사라지는'의 어순이나 '모든 것들' 하고 우리말에 없는 복수 개념을 쓴 것이나 굳이 '여백'이라는 말을 쓴 것이나 다 고정희 시인의 언어를 오염시킨 번역투 또는 겉멋이 아닐까요? 물론 고정희의 많은 시어 중에서 하필이면 이런 '멋진 말'을 제목으로 뽑은 우리 문인들의 의식이 문제일지도 모르지요.

저는 고정희를 심각하게 읽은 적은 없습니다. 몇 편 대할 때마다 착상이 안이하고 사물을 파고들어 껴안고 뒹구는 맛이 없어서 그저 그런 시인이려니 생각해 왔습니다. 이번 제목의 시도 뭔가 느낌은 강해졌다고는 하지만 오늘 우리에게 필요한 정서라기보다는 참으로 한가롭구나(좋긴 참 좋지만) 하는 정도였거든요. 그래서 아버님이 고정희를 그토록 높이 평가하신다는 게 놀라웠습니다. 다시 읽어보도록 하겠습니다만 저는 예술에서 겉멋, 또는 작은 거짓들이 느껴질 때면 마음이 움츠러들면서 본능적으로 감상을 거부하는 편이라 잘 읽힐 것 같지 않습니다.

정희성의 시집 『한 그리움이 다른 그리움에게』를 작은 스튜디오를 빌려 제 목소리로 녹음을 해봤습니다. 옛 친구 종우와 새 친구 남주가 와서 시를 놓고 하룻저녁 즐거운 시간을 보냈지요. 제 주장은 이렇습니다. 좋은 텍스트는 좋은 배우의 몸에서 육화될 때 검증되는 것이라고요. 진지하게 달려붙어 몸으로 읽어낼 때 이 글이 진짜인지 가짜인지가 판명난다고 봅니다.

남주와 저, 한국음악극연구소와 민족문학작가회의 시분과가 이 일을 지속적으로 해보기로 뜻을 모았습니다. 잘 될지는 해봐야 아는 일이고요.

늘 건강하시기를,

맏이 올림.

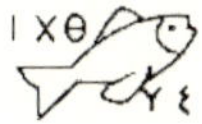

1992. 6. 16.

무소식이 희소식이라는 말은 본래 이럴 때 쓰는 걸까요.

여행에서 즐거운 사연이 많고 바쁘게 돌아가서, 고향에 편지
나 전화할 일이 적을수록 그 여행은 즐겁고 보람있는 것이라
해야겠지요.

하지만 아버님이 어머님 걱정을 많이 하시는 걸 보면, 아무리
태평하시다 해도 애달파하시는 마음 씀씀이와 두 분의 사이
가 대단히 특별한 관계임을 새삼 느끼게 됩니다.

집으로 보내오신 편지와 주보 등을 보냅니다.

즐거운 만남이 되시길 바랍니다.

맏이 올림. 

1992. 6. 17.

오늘 면회에는 박홍 총장이 나올 예정이었지만 갑자기 스케줄이 생겨서 못 나오는 바람에 네 사람의 면회가 되었습니다. 박홍을 어떻게 용서할 수 있겠습니까. 온 국민의 분노가 들끓던 5월, 찬물을 끼얹은 것이 박홍과 김지하가 아니었던가요. 정원식 조작도 그로 인해 가능했던 거구요. 그 일을 생각하면 뻔뻔스럽게 낯을 들고 면회에 나서겠다는 그들을 도저히 용서할 수 없습니다. 하다못해 그가 강기훈의 석방을 위해 한 일이 무엇인가요.

 김상현 의원의 얼굴을 봐서 그래도 면회를 시켜야 하나, 아니면 큰 사죄라도 받고 면회를 시켜야 하나 고심하고 있었습니다. 그러나 결국 나타나지 않아 부담은 덜었지만 한편 생각해 보면, 문익환 목사의 면회를 대하는 그의 태도가 가증스럽기 짝이 없습니다. 총장으로서 자기 스케줄을 조정할 생각도 없이 덜컥 문목사 면회를 생각했단 말인가요? 그렇게 쉽사리 문목사 앞에 껄껄거리고 나타나 악수를 청할 수 있다고 생각했다는 말인지…….

김상현 의원의 '달라진 모습'은 그래도 반가웠습니다. 정치인으로서 얼마나 주변 사람들에게 자상한지, 그리고 얼마나 정력적으로 '사람 보살피기'에 힘 쓰는지 하루를 같이 지내며 충분히 느낄 수 있었습니다.

은숙은 방광 치료 이후 신기하게도 어깨 아픔이 낫고 몸을 마음대로 쓸 수 있게 됐다고 기뻐하고 있습니다. 아버님 치료법을 그동안 믿지 않은 것은 아니지만(그래서 열심히 부쳤지요) 이번 치료 효과는 정말 믿어지지 않을 정도라네요. 다음은 대장 치료를 받아야 될 텐데 하고 걱정하고 있습니다.

이것저것 신경 쓸 일이 많은데, 제가 주변머리가 그리 넓지를 못해 늘 노심초사합니다. 복잡한 시대를 사는 탓이겠지요.

늘 건강하시기를,

맏이 올림.

예술에서의 순수 문제를 저는 좀더 다른 각도에서 보고 싶습니다. 예술이라는 것을 근세 서양에서 말하는 개념으로 한정하면 물론 순수 대 참여의 구도로 나타나고, 그 안에서 순수의 의미를 어떻게 볼 것인가가 중요한 문제로 떠오르겠지요. 하지만 인류 역사에서 보면 예술이란 개념을 그렇게 좁게 보아서는 안 될 것 같습니다. 좁은 의미 안에서의 예술의 방향성 논쟁 따위는 그리 큰 중요성을 갖지 못합니다.

서양적 개념에서 '민속'이라고 분류되는 저 방대한 세계. 동서양, 혹은 고금을 막론하고 그 부분은 '예술'로 구분되는 영역보다 몇십 몇백 배의 폭과 깊이를 간직하고 있습니다. 민속이라는 개념 규정을 벗어던지고 이를 들여다보면, 고상한 예술로 분류되는 아주 작은 부분을 제외하고는 삶의 모든 영역, 즉 민중의 삶의 모든 영역에서 '예술'이 발견됩니다. 삶의 예술인 것이지요. 거기에 순수 대 참여의 논쟁이 무슨 의미가 있겠습니까. 그것이 삶 자체이기 때문이지요. 삶 자체에게 어떻게 삶에 참여했느냐, 혹은 삶으로부터 유리된 순수이냐를 따져 물을 수 있겠습니까?

동서고금을 막론하고 시대의 기록을 담당한 계층이 무엇을 선택적으로 기록하였느냐, 그리고 그에 따라 무엇이 '정통'으로 대접받게 됐느냐가 기준이겠지요. 그것은 필연적으로 상층 계급 중심의 예술관을 형성하게 되었고, 그렇게 형성된 예술관이 거꾸로 다음 세대의 예술의 실제를 규정하는 '파행'을 일으켜온 것이지요.

예컨대 중세 음악은 신 중심으로만 영위된 것으로 기록되어 있지만 교회에서 운영되는 음악의 원천은 언제나 민중 속에서 떠다니는 음악이었습니다. 그레고리안 챈트Gregorian Chant라는 것도 각 지방 민속음악의 고유한 어법(토리)을 교회의전으로 수록, 정리한 것에 불과하고요. 시대를 훌쩍 뛰어넘어 하이든과 모차르트 역시 여전히 지방음악의 원천에서 영감의 샘을 얻었던 것입니다. 그리고 그들은 막바로 시민사회의 동의를 구하는 데에서 음악가로서의 기반을 찾았던 것이고요.

19세기에 들어서도 음악적 순수의 활로가 막힐 때마다 민속음악에서 새로운 돌파구를 찾으려는 시도가 끊임없이 지속되었지요. 베토벤 자신도 그런 일을 했지만 서구 음악이 결정적 함정에 빠지기 시작한 것은 베토벤의 기회주의, 내지는 출세 주의에서 볼 수 있지 않을까 가정해 봅니다.

오늘은 이만 쓰겠습니다.

맏이 올림. 

얼마 전에 편지에 썼듯이, 저는 아직 베토벤에 대한 생각을 체계적으로 정리할 수 있을 만큼 공부가 되어 있지 않습니다. 그러나 그가 그 시대에서 독자적 예술가로서 살아남기 위해 치렀던 처절한 몸부림의 과정을 단순히 위대한 예술의 완성으로만 보는 것은 대단히 적절치 못하다고 생각합니다. 그는 격변기를 살아내면서 한 생활인으로서 살아남으려 했던 것이지요. 그 방편이 그에게는 물론 음악이었으므로 그 음악을 한껏 매력적으로 만들지 않으면 안 되었고요. 요즘식으로 표현하자면 상품가치를 극대화시키는 과정에서 그는 음악을 고상한 것, 신비로운 것으로 치장해 나가는 동시에 가능한 강렬한 것, 다양한 것으로 만들었고, 자연스럽게 그것은 '과장'으로 나타났습니다. 정상적인 표현에 덧입혀진 이 과장이 베토벤의 상표가 되었고, 그것이 19세기 유럽이라는 대단히 특이한, 불건강한 풍토에서 한 전형으로 자리잡게 된 것입니다.

과장을 한 축으로 하고 다른 한 축엔 독창성 originality 이라는 신화가 19세기 이래 유럽 음악을 병들게 해온것입니다. 사물을 보는 한 예술가의 독자적 시각, 풍취, 성향…… 이것이 바로 그 예술가를 규정한다는 신화는 생각해 보면 얼마나 어리석은 것인가요.

대체 인간으로서의 한 예술가가 다른 인간과 과연 얼마나 다르다고 바로 차별성이 그 예술가를 규정하는 잣대가 되느냐는 것입니다. 사물을 보는 순간, 그 사물에 정직하게 주목하지 않고 나는 이 사물을 어떻게 다른 사람과 다른 각도에서 보아야 하는가를 머릿속에 떠올린다면, 그것도 나와 경쟁하는 다른 음악가와 어떻게 다르게 이 사물을 느끼고 받아들여야 할까를 궁리한다면 그의 눈에 그 사물이 제대로 보여질 리 만무하겠지요. 너무도 당연한 일입니다.

제가 느끼기로 모차르트 때까지는(이유야 어떻든) 예술가 개인의 독자성보다는 그가 만드는 음악적 효용성이 먼저 고려되었던 듯합니다. 모차르트는 분명히 자기 음악이 다른 사람들의 음악과 다르다는 점을 알고는 있었지만, 그의 주된 기쁨은 자신의 음악이 사람들을 기쁘게 해준다는 그 단순한 사실에 있었습니다. 그런데 이게 웬일인가요. 바로 한 세대 후의 베토벤에서부터 그것은 베토벤의 상표가 붙지 않으면 팔리지 않는, 상당 부분 '강매'될 수밖에 없는 물건으로 변질되고 만 것이지요.

베토벤이 살았던 시대가 그를 그렇게 만들었고, 마찬가지로 19세기 음악사의 흐름도 시대에 의해 그렇게 규정될 수밖에 없었다…… 이런 식의 논리에는 저는 찬성하고 싶지 않습니다. 만약 베토벤이 그의 동시대인과 같이 살아냈다면 그는 음악가로 출세하지 못했을지도 모르지요. 그의 목적은 어디까지나 '출세'에 있었던 거니까요. 탁월한 재능을 가진 한 시대의 아들이 시대에 충실하지 않고 개인적 영달을 주된 목표로 삼았을 때 그 해독은 참으로 크다고 하겠습니다.

어머님이 결혼기념일을 그냥 지나쳤다고 전화를 해오셨습니다. 도끼 자루 썩는 줄 모르는 나날들을 한껏 즐기시기를 바랍니다. 아직 채 정리되기에는 요원한 이런 제 '예술관'을 이렇게 생각나는 대로 적어서 혹여 아버님께 혼란이 되지 않을까 걱정스럽군요.

순수 대 참여의 문제는 아직 한참 더 있다 쓰겠습니다.

맏이 올림.

오늘은 예술론을 잠시 쉬고 『민족예술』을 보내드립니다. 제 짧은 글이 하나 실렸는데 그리 정성 담긴 글은 아닙니다. 지금껏 글 다듬는 일에 과도하게 힘을 써온 탓에 글쓰기 자체가 제게는 너무 고통스러워 해야 할 말이 있어도 은연중에 회피해 왔던 것 같습니다. 그래서 당분간은 이렇듯 쉽게(잘 쓰려고 노력을 그다지 기울이지 않고) 내용 위주의 글로 써보려 합니다. 가끔 좋지 않은 문장도 많이 있을 것입니다.

「통일음악 설계의 범위」라는 소논문을 쓴 게 있는데, 원고가 반환되는 대로 보내드리겠습니다.

미국의 이행우 님이 히브리 성경 작업에 대해 알고 싶으시다는데 어떻게 회답해야 할지요?

로마자 표기법 통일! 정말 기쁘고 축하할 일 아닙니까? 국내 정치의 흐름이 어떻게 잡히더라도 통일을 향한 대세는 어김없이 예정된 지점을 통과하여 도도한 물결을 일궈내고 있다는 생각이 드는군요. 그 흐름을 예견하면서 오늘 우리에게 맡

겨진 일을 게을리 말아야 할 텐데. 그것이 참으로 어려운 일
임을 느낍니다.
늘 건강하시길 기도하며,
맏이 올림. 

바쁜 일 한두 가지 처리하다 보니 하루이틀 편지가 밀려 23일 편지를 26일 아침에야 쓰고 있군요.

마당의 앵두나무에 앵두가 하나 가득 열렸는데, 공들여 따봤자 종자가 나빠 맛도 없어 미뤄두고 있었는데, 누군가 술을 담그면 좋다고 하길래 더 익어서 떨어지기 전에 아침밥 먹고 바구니를 들고 나가서 앵두를 땄습니다. 다 따보니 석 되는 되는 것 같더군요. 술 한 동이는 맛있게 담가지겠지만 제가 일이 서투른 탓에 따는 데 한 시간 반이나 걸렸습니다. 시장에서 사면 기껏 몇천 원에 지나지 않은 걸, 귀한 아침 시간을 한 시간 반이나 들인 셈이지요. 저야 즐거움으로 일했지만, 품삯도 안 나오니 저렇게 자연이 내려주신 귀한 열매를 따지도 못하고 버리는 일이 얼마나 많으랴 생각하니 기가 막히더군요.

수입 밀가루가 심하게 오염되어 있다 하여 저희 집에서는 작년부터 국수와 빵을 끊다시피하고 있습니다. 그런데 며칠 전에 들으니 메밀도 거의 전량 중국에서 수입한다지요. 국수 만드는 감자 원료도 수입산이라 옛 맛이 나지 않는다 하니 이제는 냉면조차 마음놓고 먹지 못하게 되었습니다. 어떻게 올 여름을 냉면 없이 지내나 은숙이 한탄이 늘어졌습니다.

오 세상에! 음식을 마음대로 먹지 못하게 하는 자들, 자연을 짓밟고 파괴하고 업신여기어 인간을 자연으로부터 억지로 떼어놓는 자들은 저주를 받을 것입니다. 그러나 또한 우리 모두의 책임도 있는 만큼, 다음 세대에서 혹독한 시련을 당하게 되겠지요. 어떻게 이런 상황을 뒤바꿔 놓을 수 있을까요? 처참하게 짓밟혀온 이 땅의 여성들 또한 생명을 업신여기는 시대의 희생자가 아닐까요?

할머님이 돌아가시면서 이 자그마한 터를 내어주신 것과 자연 사랑의 자그마한 일깨움을 주신 하나님께 감사드려야겠지요.

참새가 몇 마리 포로롱 날아와서 벌레를 쪼아먹는지 통통 뛰어다닙니다. 우리 밭에도 나비는 없습니다. 한 포기 심어 놓은 케일에 배추벌레가 다닥다닥 붙어 있기에 젓가락으로 떼어 없앴는데, 차라리 케일을 희생해서라도 나비를 키울걸 그랬나 싶네요.

통일기간이 선포되는데, 이 여름이 어떻게 전개될지 자못 궁
금합니다. 작은 실천으로 동참해야겠지요.
밀린 편지는 오늘밤에 계속하겠습니다.
건강하시기를 기도하며,
맏이 올림.

1992. 6. 24.

오후에 잠깐 나갔다 왔는데, 왜 그렇게 피곤한지 일찍 자리에 누워 아침까지 내리 자버렸습니다. 지금 이곳은 서강대 학생회관, 시간은 6월 27일 아침 11시입니다.

후배들이 범민족운동기간 선포식과 문화제를 준비하고 있습니다. 오늘 저녁 서강대 체육관에서 있을 예정인데 저보고는 그냥 '후견인'으로 있어 달라더군요. 전체적인 일의 진행을 살펴보면서 조언할 것이 있으면 조언하고, 채근할 것이 있으면 채근도 하고, 가끔씩 게으름 부리는 파트가 있으면 압력도 은근히 넣어 달라는 뜻이겠지요. 공연 당일 11시, 서서히 준비를 해야 할 시간이네요. 저는 후견인으로 얼굴을 디밀고서 늦게 오는 후배들에게 경각심을 불러일으키는 그런 역할을 맡은 셈입니다.

행사 제목은 '95, 통일은 됐어'입니다.

기정사실화해 둬야겠다는 것이죠. 서강대 진입로 입구에는 "통일은 이제 완료형입니다", "95 농활은 함흥평야로 가겠습니다" 등 이런 글귀도 보입니다.

순천의 최한배 부인이 아버님이 보내주신 영치금 잘 받았다고 감사 전화가 왔었습니다. 동의대 학생들이 그곳에 있어서 건강하게 잘 지낸다는 소식이었습니다. 서남동 목사님 추모모임에 이서림이 참석하시지 않느냐는 문의 전화도 왔었고요. 틈을 내어 또 쓰겠습니다. 날씨가 더워지는데 힘들지는 않으신지요?

맏이 올림. 

1992. 6. 25.

그날 서강대 체육관에서 좀 놀면서 편지도 몇 장 더 쓰려고 했지만, 잔신경이 많이 쓰이는 일에 말려들어 여의치 않았습니다. 게다가 공연이 뜻한 것과 달리 매우 못마땅하게 진행된 데다가 속상한 일도 몇 가지 겹쳤었거든요. 그래서 밤늦게까지 속을 풀지 않으면 안 되었는데, 술을 마시지 않기로 마음을 정하고 있던 참이라, 새벽까지 술 없이 버티다 보니 그만 심한 오한을 앓고 말았습니다. 오한은 다음날 나았지만 속상한 마음은 쉬 가라앉지 않아 내쳐 이틀을 아무 일도 못한 채 누워만 있었습니다.

지금은 벌써 30일 아침입니다. 이제 겨우 정신이 좀 차려지네요. 신경이 꽤 약해진 모양입니다. 조그마한 일에도 짜증을 부리게 됩니다. 마음을 다잡으려 애를 써봅니다.

맏이 올림.

여간해서는 TV를 잘 안 보고 지내는데 우연히 「삼국기」라는 대하역사 드라마를 한 편 보았습니다. 삼국시대 말기의 이야기를 고구려, 백제, 신라로 무대를 옮겨가며 장구하게 그려낸 것이었습니다. 극본, 연출, 의상, 소품 등 흠잡을 게 아주 많은 드라마이긴 했지만…….

제가 본 회回에서는 이런 이야기가 나오더군요. 일본이 백제를 대국으로 모시면서 백제의 실질적 지배를 받아오던 중에 일본 왕이 죽습니다. 일본의 반백제 세력(자주 세력)이 그 틈을 노려 자기들의 왕을 옹립하려 하면서 백제 세력과 갈등이 벌어집니다. 그런데 이때 김춘추가 보낸 밀사에 의해 일본 내 신라 세력이 반백제 세력과 결탁하여 신왕新王 옹립 작전에 가담합니다. 이를 눈치챈 백제 세력이 신라 세력을 섬멸하면서 결국 일본에 대한 백제의 지배는 계속된다…….

또 이런 이야기가 있습니다. 글안과의 전투에서 개선한 연개소문이 돌아왔을 때 을지문덕이 그를 기다리다 죽습니다. 개소문에게 남긴 유품에는 개소문의 아버지와 문덕이 중원을 도모할 꿈을 가졌었다는 죽간竹簡이 나오기도 합니다.

KBS의 역사드라마가 이런 이야기를 하고 있다니……. 민족의 분단으로 인해 한반도 남쪽에 고립되어 있던 우리의 시야가 어느새 동북아로 넓혀져 관영방송에조차 반영되고 있으니 말입니다. 한편 신라의 반민족성의 새로운 면모까지 들춰내면서요…….

이렇듯 두려울 정도로 빠르게 변해가는 세상 앞에 우리 진영(제가 말하는 것은 민족문예 진영)의 대응, 변신은 느리기만 합니다. 아니 근본적으로 변신을 꾀하고 있는지조차 알 수 없습니다.

"새 술은 새 부대에!"

새 시대는 새로운 세력을 필요로 할까요? 그렇다면 과연 역사는 어떤 새로운 세력을 우리에게 가져다 줄까요?

차분한 심정으로 못다한 '예술혼'에 대해 쓰고 싶었는데 아직 그리 되질 않는군요. 어느새 7월이 코앞에 닥쳐와 있네요.

건강하시기를, 늘 기도합니다.

만이 올림.

어머님이 오실 날짜가 얼마 남지 않았습니다. 다음달 6일에 오신다는데, 3일은 미국에서 은숙의 큰오빠 영호 씨가 다니러 오시고, 같은 날 메링이 처와 아이를 데리고 한국에 잠시 다니러 온답니다. 은숙은 13일에 잠깐 일본에 갔다올 일이 있고, 저도 8월에 일본에 잠깐 갔다올까 합니다. 아무튼 이번 여름은 가고오고…… 매우 정신없이 지내게 될 것 같습니다.

제가 민예총 국제위원장을 맡기는 했지만 민예총이라는 기구가 그다지 조직적이지 못해 제 직함이라 해봤자 유명무실합니다. 그러나 아무튼 국제 경험 좀 있고 영어도 조금 할 줄 안다고 해서 맡게 되었는데 직책이 무언지, 아무래도 국제 관계에 신경이 쓰이는군요.

무엇보다도 먼저 그동안 소식이 끊겼던 외국 친구들, 그립기도 하고, 또 실제로 제가 신세진 예도 많아서, 한 사람 한 사람 관계를 다시 챙겨보려 합니다. 역시 제일 먼저 떠오르는 사람은 메링이었고, 그는 제 편지를 받자 즉각 기쁜 마음으로

응신해 왔습니다. 이번에 잠깐 들리는데 꼭 만나고 싶다고 하더군요.

사실 어찌 보면 한국 사람은 가슴이 닫혀 있는 민족이 아닐까 합니다. 외국인과의 친교는 삶의 필요상 어쩌다 생기는 것이지, 진정한 우정을 나누는 일은 그리 흔치 않으니 말입니다. 제 자신 또한 꽤 많은 사람들과 사귀었지만 실상 친구가 된 사람은 없지 않나 싶습니다.

문학 작품의 예를 보더라도, 예컨대 셰익스피어는 자기 나라 사극도 썼지만 덴마크, 이탈리아 등 외국의 이야기를 소재로 삼아서 쓰기도 했지요. 외국치고 자기 나라만을 소재로 문학을 하는 경우는 별로 없는 것 같은데(과문한 탓인지 몰라도) 우리는 고작 「적벽가」만 있을 뿐이지 않습니까? 글쎄요, 유럽인들의 개방성은 그들이 제국주의적으로 뻗어나가면서 얻어진 것일까요? 흉노나 원의 침입에 시달릴 때는 그들도 매우 폐쇄적이었을지도 모르죠.

이런 이야기를 길게 쓰는 이유는 아무튼, 우리의 문제를 국제라는 단위에 비춰 볼 때 비로소 새로운, 좀더 넓은 시각을 얻을 수 있다는 뜻에서입니다.

아무튼 오랜만에 메링과의 만남에 가슴이 설레입니다. 곧 어

머니도 오시니까 다음 면회에는 어머님도 오시게 되겠군
요…….
오늘은 이만 쓰겠습니다.
건강하시기를,
만이 올림. 

1992. 6. 29.

오늘은 서경석 목사에게 가는 편지 정서한 것과 통일음악 소논문을 보냅니다. 서목사 편지 1회 누락분이 중요한 내용일 듯 여겨집니다. 가끔씩 편지가 한두 통 누락되는데, 도착이 불규칙해서 한참 지나서야 누락분이 확인되곤 하네요.

통일음악 소논문은 경황 중에 대학신문의 독촉을 받고 급히 쓴 것이라 제대로 글로 정리하지 못했습니다만 우선 이렇게나마 보내드립니다. 통일 과정에 있어서 '한 분야'를 어디서부터 어디까지 구상, 설계, 실천해 나아가야 할지 범위부터 설정해 보는 것이 중요할 것 같습니다. 다른 분야, 특히 문학에서 비슷한 구상이 가능하지 않을까 싶은데요.

어머님의 도착을 기다립니다.

늘 건강하시기를,

맏이 올림.

1992. 6. 30.

1992년도 절반이 지났습니다. 그동안의 일을 진지하게 반성해 봐야 할 때입니다. 모두들 자기와 직접 관련된 일, 사업, 이익에만 골몰할 뿐 전체로서의 흐름, 대의大義에는 무관심한 듯 보입니다. 무관심하려고 오히려 애쓰는 것도 같고, 그 결과 필요 이상으로 남의 일에 냉정해지려 하는 것 같습니다. 가령 전교조 일이 떠도 이제는 아무도 같이 나서주지 않습니다. 오늘이 임수경 방북 3주년이 되는 날인데 아무도 신경 쓰지 않습니다. 심지어 임수경을 보냈던 학생조직에서조차 별다른 행사를 준비하지 않은 듯합니다. 오히려 농활이라는, 지금 코앞에 당면한 '그들의 사업'에 매몰되어 있습니다.

그러나 저는 이 국면을 결코 비관적으로 보지는 않습니다. 사실 그동안의 운동이 뭔가 되지 않겠는가 하는 분위기에서 큰 것만 꿈꿔 왔던 게 아닌가 합니다.

늘 건강하시기를,

맏이 올림.

이관복 선생님은 매우 실제적인 분이신 듯합니다. 왕복 여비를 제가 내자, 그 여비를 돈으로 계산해서 주시기는 어색하셨는지 제게 점심을 맛있는 걸로 사고 싶다는 것이었습니다. 시간도 없는데 뭘 그러시냐고 사양했지만 그분의 성화에 못이겨 안동역 앞의 한양분식 집에 들어갔습니다. 그러자 2000원짜리 된장찌개보다는 2500원짜리 정식을 시키자 하시고, 약주도 못하시면서 굳이 술을 시키라고 하셔서 맥주까지 곁들인 점심이 되었습니다. 2500원짜리 정식이 어찌나 반찬이 많은지 배불리 잘 먹었답니다. 농민운동 하시는 식당주인이 뒤에 농민회 회장님과 같이 오셔서 또 맥주 한 잔씩을 걸치게 되었습니다. 두 분 다 농활 온 학생들을 맞이하느라 밝은 얼굴 표정이었습니다. 대중의 정서에 맞는 운동을 찾아내야 한다고 눈빛을 반짝이며 말씀하시는 모습이 아주 보기 좋았습니다.

면회 때마다 여러 분들과 상경기차를 함께 타고 다녔기에 네

시간 동안의 여행임에도 여간해서는 집중적인 대화가 이루어
지기 어려웠습니다. 더구나 새벽 일찍 차에 올라 중요 일정이
끝나고 점심까지 편안히 먹은 다음이라 늘 기차여행의 절반
은 휴식이 되곤 했지요.

이관복 선생님과도 역시 휴식시간을 좀 가지기는 했지만(더
구나 그런 점심 후였으니까) 오랜만에 오붓한(?) 대화의 여행을
가질 수 있었습니다.

600년 넘는 고도의 고향에 아직도 터를 잡고 계신 분, 그래서
그 땅과 사람으로부터 우러나는 푸근하고 걸쭉한 정과 입담,
사려, 상식……. 그와 아울러 자랑스러운 선조의 전통 속에
살고 있다는 자부심, 그 전통을 온몸으로 받아내려 하는 책임
감 등은 아버님이나 저와는 많이 다르다는 것을 느낍니다.

저희야 모든 것이 새것이라는 느낌이 들지 않습니까? 북간도
조차도 금세기에 시작된 일이고, 선조에 대한 기억이라 해봤
자 19세기를 거슬러 올라가지 못하니까요. 더구나 저 같은 경
우 그나마 북간도의 땅과 사람을 직접 대하지 못하고 모든 것
을 미국식 민주주의를 이상으로 하는 사회풍토와 교육 그리
고 신교新敎라는, 기독교 중에서도 새 전통 속에서 출발했고
살아왔으니까요.

수요일 저녁마다 민예총 사무실에서 이루어지는 노촌 이구영 선생의 한문 강좌를 듣는데, 오늘은 소동파의 「적벽부赤壁賦」를 읽었습니다. 기독교에 오염되지 않은, 근대적 합리주의와는 너무도 먼 이 낯선 세계, 이 세계가 고려조까지 한국의 지식인들에게 최대의 영향을 끼쳤다는군요. 새롭게 공부할 것이 너무도 많습니다. 새로운 발견에 기쁨이 큽니다.

만이 올림.

면회 가는 길에 보니, 경북 지역의 논도 아직 완전히 마르지는 않았지만 며칠 더 가물면 피해가 생길 것 같아 보였습니다. 농민들의 마음이 얼마나 애가 타랴 싶더니 다행히도 비가 내리기 시작하더군요. 농사 지어봤자 적자라고 해마다 시름이면서도, 그래도 농민은 이 땅에 남아 해마다 수고로운 농삿일을 되풀이합니다. 등산 다니는 길목에 공들여 만들어 놓은 다락논들은 버려져 잡초만 무성하고, 논뚝은 허물어져 내리고……. 진정 이 땅의 운명에 가슴 아팠습니다. 계속 적자가 나더라도 끝내 땅 사랑, 생명(식물) 사랑을 버리지 못해 그곳에 남아 있는 사람들이 있습니다. 그들의 질긴 사랑에 이끌린 것이 분명한, 젊은 학생들의 귀향 노력과 이 땅, 이 겨레의 뿌리를 이루고 있는 생명력이 끝내는 이 땅을 살려내리라는 희망을 품어봅니다.

문숙이 교회에서 예쁜 강아지를 보고 키우고 싶어 안달했었는데, 키울 데가 없어서 큰어머니가 허락하시면 큰어머니 집에서 키웠으면 좋겠다고 했고, 저희 집 역시 키우기에 불편해서 어찌어찌하다가 어머님이 마당에 놓아 키우기 시작한지 한두 달 된 것 같습니다. 아이들의 사랑이야 며칠 못 가 흐지부지해지면서 결국 동물을 싫어하던 은숙이 돌보게 되었습니다. 어린 강아지가 예쁘고 영리해서 은숙의 사랑을 듬뿍 받고 있습니다.

그런데 개라는 것이 사람의 손을 타는 놈인데, 도무지 사랑해주고 어루만져주는 손길이 부족해서인가…… 오늘 아침에 보니 얼굴이 삐죽해지고 기운이 없어 보였습니다. 무슨 병이 난 건 아닌지, 음식을 잘못 준 건 아닌지……. 어린 강아지의 외로움, 병약함을 안타까워하면서 이 땅의 모든 생명을 생각합니다.

저는 요새 술 끊는 연습을 하고 있습니다. 작년 6월의 참담함 속에서 누구는 안 피우던 담배를 배웠다는데, 저는 아무튼 그때 담배를 끊었거든요. 올해는 술을 끊고……. 아무튼 사람이 정성을 쓸 만큼은 써야 하지 않겠습니까?

아버님의 건강을 기도드리며,

맏이 올림.

1992. 7. 3.

저녁 6시에는 미국에서 큰처남이 도착하시고 7시에는 메링과 그의 처 교코, 그리고 바우와 나이가 같은 아들 플로리언이 도착했습니다. 큰처남과는 5년 만의 만남이고 메링 일가와는 10년 만의 만남인데도 바로 어제 헤어진 듯한 느낌이 드는 것을 보면 참 사람과 사람의 만남이란 이런 거로구나 싶습니다.

큰처남은 그동안의 직장을 정리하고 독립된 사업을 시작해 보려 하신답니다. 연세(55세)가 높으신데 새 사업 잘 해나가시기를 기원합니다.

메링은 여전히 유럽과 인도, 일본 등지를 다니며 바쁜 연출 생활을 하고 있구요. 환갑에 가까울 텐데, 옛날과 조금도 달라지지 않은 체력과 활력을 유지하고 있는 걸 보면 놀라울 따름입니다. 제가 만약 독일인으로 태어났으면 꼭 그와 비슷한 삶을 살아가지 않았을까 생각됩니다. 아들 플로리언은 바그너에 심취한 젊은이더군요. 소년이라기보다는 청년 같은 면

모를 풍기고 바우의 음악적 취향과 그의 소년 같은 모습과는
대조적입니다. 대조적이지만 이번에 만나서 좋은 우정의 싹
을 틔울 수 있기를 기대해 봅니다.

메링의 편지를 동봉합니다.

즐거운 만남이 되시기를 바랍니다.

맏이 올림. 

성균관대 입구의 작은 맥주집에서 '구속 문인들을 위한 일일 주막'이 열렸습니다. 민족문학작가회의 자유실천위원회에서 아마 해마다 하는 행사이지 싶습니다. 문익환, 김현장, 박노해, 그리고 얼마 전에 일본 체류 중 북한에 다녀왔다고 해서 잡혀 들어간 시인 등을 위한 하루였죠. 메링 일가와 하루를 보내는 중에 틈을 내어 은숙, 바우와 함께 들렀습니다.

모두들 즐겁게 술 마시고 노래하고, 남주는 시를 낭송하고 윤정모는 뛰어다니고……. 저도 맥주 두 조끼 마시고, 은숙은 그 소란 중에도 한쪽 구석에서 눈 붙이고, 바우는 「하얀 집의 왕자」를 쓴 교도관과 인사를 나누고……. 그리고 세 식구가 구속 문인을 생각하며 「솔아 푸르른 솔아」를 부르고는 그 자리를 나왔습니다.

해마다 하는 행사의 타성이랄까. 그래봤자 돈 몇 푼 모으고 술 마시며 즐겁게 우의를 다지는 것일 뿐, 구속 문인들의 석방에야 무슨 도움이 되겠느냐는 식의 좌절감이 느껴지는 자리기도 했습니다.

오랜만에 저녁도 같이 먹었고요. 두 달이 꽤 길게 느껴지는데, 아버님이야 더하시겠지요. 정말 얼마나 달라진 모습일까 저희도 궁금합니다.

매일 편지 쓰는 '의무'도 이제 저한테서 벗겨질 텐데…… 참 귀한 경험이었다고 생각합니다. 앞으로도 틈틈이 계속하겠습니다. '의무'를 벗어난, 보다 자유로운 편지 쓰기를 할 수 있을 것 같습니다.

오늘 아침에도 나비가 보이지 않습니다. 모기조차 전과 같지 않습니다. 언제나 자연을 되찾을 수 있을런지…….

늘 건강하시기를 기도합니다.

맏이 올림.

서경석 목사님이 편지를 받아 보시고 꼭 한 번 아버님 면회를
가야겠다고 해서 13일로 일단 결정했습니다. 어머니 오신 후
에 의논해서 모시고 가도록 하겠습니다. 서 목사에 대한 저의
인물평이야 아무래도 피상적일 수밖에 없겠지요. 외화外化되
어 나타난 것만으로 판단하니까요. (그러나 외화된 모습이란 대
개는 대중에 의해 걸러져서 정착된 그 사람의 모습이고, 그래서 대
부분, 적어도 당대에는 정확하다고 해야 할 것입니다.) 아버님이
그에 대해 정성을 쏟으시는 것은 또다른 문제이고, 그 정성은
꼭 성과를 내리라고 믿습니다.

어머님이 두 달간의 여행을 끝으로 드디어 돌아오시는군요.
의근네, 영금네 모두 모여 두 달 동안 비워두었던 집을 치우
고 마당도 손질했습니다. 메링의 아들 플로리언은 참으로 활
달하고, 또 기계를 만지는 데에는 특별한 재주가 있는 아이인
데, 어릴 때부터 피부염을 앓아오고 있답니다. 아마 온몸에
부스럼 자국이 있는지, 더운 여름날인데도 긴 옷을 입고 땀을

자들의 의사와 시간 여유에 따라 나누었고, 최종 감수는 백낙청 선생님이 보셨는데 국내에서 영문 출판, 특히 시 형식에 낯설어 교정 보는 데 크게 고생하신 것으로 들었습니다. 아무튼 애써주신 모든 분들께 감사드립니다.

이번 민가협 공연을 위해 김남주 시인에게 시 추천을 의뢰했더니, 여러 시 중에 아버님의 『두 하늘 한 하늘』에 수록된 「일하는 사람들의 나라」가 끼어 있었습니다. 표현이 추상적이지만 뜻도 좋고 울림도 좋을 것 같아 민예총 공연 때는 성근이 낭송하고, 민가협 공연에서는 원창연 군이 낭송하기로 했습니다. 대단히 이지적인 시라서 감정을 얹어 읽기가 어렵다고 낭송자들이 꽤 힘들어하더군요.

이번 민가협 공연에서는 오늘의 시인들 시뿐만 아니라 구한말 의병들의 옥중시, 소월, 윤동주의 시까지도 포함시켜 양심수 문제의 역사적 조망을 얻어내려고 노력해 보았습니다. 어려운 시도여서 충분히 소화해 내진 못했지만 여러 분들께서 작품으로서는 좋았다는 평가를 해주셨습니다.

내일이면 대선이군요. 기도하는 심정으로 순간순간을 지켜볼 수밖에 없겠군요. 모든 이의 고통이 헛되지 않도록 좋은 결과를 맺을 수 있기를 기도합니다.

저는 이번 겨울 여러 가지 교육 프로그램을 만들어 놓고 있습
니다. 대선 이후에 뭔가 새 작업을 시작하려면 너무 힘들 것
같아 1, 2월 프로그램을 다 만들어 놓고 준비하는 기간으로
삼으려 합니다.

건강하시다니 일단 마음은 놓이지만, 그 건강 놓치지 않도록
경계하시기를 기도합니다. 다음주엔 찾아뵙겠습니다.

만이 올림.

풀이파리 하나, 귀뚜라미 한 마리의 생명까지도

어느 것 하나 우리에게 선물로 주어지지 않은 게 있을까요.

모두모두 떨리는 마음으로

두 손에 고이 받아, 조심스레 받들어 모셔야 할 것입니다.

생명을 떨리는 마음으로 받아들이는 경외심,

우리는 그것을 거룩이라고 부릅니다.

떨리는 마음에는 경외심, 곧 두려움이 있기도 하지만

놀라움도 있습니다.

경탄이지요.

생명의 신비, 그 아름다움 앞에서 느끼는 떨림,

이런 떨림이 없는 사람은 횡포가 되어버립니다.

생명을 있는 그대로 고마워하고

있는 그대로 자라고 꽃피고

열매 맺도록 봉사하는 게 아니라

내 뜻대로 비틀고 죽이는 일이

사랑의 미명으로 얼마나 많이 저질러지고 있습니까.

어떤 무기물질이든

적당한 조건만 주어지면 생명으로 피어날 수 있다지요.

그건 무얼 말할까요?

우리가 이 무한대한 생명을 지향하고 있다는 말입니다.

생명은 풍성하게 윤택하게

아름답게 자라고 싶은 마음이 있습니다.

생명의 본능이라고 해야겠지요.

그 생명의 절정에 서 있는 우리 사람은

생명의 본능을

뜻으로 형상화해서 이를 실현하려고 합니다.

우리 칠천만 겨레의 뜻,

떨리는 마음으로 사심없이 귀기울여야 할 칠천만 겨레의 뜻은

풍성하게 윤택하게 아름답게 자라고 피어나고 싶은

생명의 마음, 생명의 본능입니다.

생명의 마음, 생명의 본능은 내일을 지향합니다.

배꽃에는 달고 싱싱한 배를 주렁주렁 열고 싶은 바람,

희망이 담겨 있습니다.

우리의 뜻도 생명의 바람입니다.

그 이상도 그 이하도 아닙니다.

사랑이란

생명의 바람이 이루어지도록 자그마한 봉사를 하는 일

—사랑의 봉사란 기껏해야

수술 꽃가루를 암술에 옮겨주는 벌이나 나비의 봉사 정도입
니다.

꿀을 빨아먹으면서 하는 벌과 나비의 노동은

사랑의 봉사를 한다는 생각은 없습니다—

사랑은 그렇게 겸손합니다.

이 생명의 바람과 생명의 사랑은

그야 물론, 생명에 대한 믿음의 터전 위에 서 있지요.

—수만 년 북극 얼음 속에 갇혀 있던 씨앗을

땅에 심었더니 영낙없이 움을 틔우더라는 것.

사람이 비틀고 꺾고 짓밟고 뽑아버리지만 않으면

생명은 싱싱하고 아름답게 자라는 것 아니겠어요—

생명을 믿는다는 게 중요합니다.

바울은 참지식이란 믿음과 사랑과 바람이라고 했지요.

지식은 이와 같이 뜨거운 것이라는 뜻이겠지요.

훈훈한 사랑의 봉사로 이어져온 김병상 신부의 예순 해.

이제 우리는 신부님을 쳐다보며 울창한 나무를 그려봅니다.

사람들은 더위를 피해

땀을 식히려고 그 그늘로 찾아들고

새들은 그 속에서 지저귀고……

한마디로 풍성한 생명 자체입니다.

오늘 축하해 드리는 친구들과 교우들의 마음에 조금은

들뜬 기분이 되어 있는 김병상 신부,

신부님을 생각하며 옥중명상을 보냅니다.

깊은 감사와 뜨거운 축하도 함께.

안동교도소에서

문익환

뜻밖에 꽤 긴 시가 되어버렸네요. 이런 식으로 아버님의 이름
을 써도 좋은지 모르겠지만 아무튼 그날의 상황은 그렇게 되
고 말았습니다.

오늘은 이만 줄입니다. 건강 놓치지 마시기를 기도합니다.

맏이 올림.

어머님이 일본으로 떠나실 때 혹시 출국 정지를 당하는 건 아닌가 싶어 비행기가 떠난 다음에도 공항에 한참 더 있다 왔습니다. 이번에도 노태훈이 어머님을 수행했는데, 태훈 어머님도 공항에 나오셨더군요. 지난번에 안기부에 잡혀갔을 때 당한 고초와 민가협 운영을 해오면서 겪은 말 못할 이야기들을 들었습니다. 모두들 용기와 힘을 잃지 않기를 바라지만 참으로 어려운 일인 듯합니다.

저는 연초부터 여기저기 특강 다니느라 좀 바빴습니다. 예를 들어 연출론만 해도, 제가 특별히 조직적으로 배운 적도 없지만 읽었다는 것도 주로 미국 쪽에서 나온 것들이어서, 그걸 기초로 우리 현장에 적응해 내는 데에는 상당히 어려움과 혼란을 많이 겪었습니다. 그래서 어찌됐든 자신이 없더라도 연출론의 '기초 교재'를 저희 세대에서 제공해야겠다고 마음먹고 글을 쓰기 시작했습니다. 특강마다 거기에 해당하는 강의록을 충실히 마련함으로써 교재 작업을 삼으려 합니다.

모든 일의 기초를 다시 확인하고, 그 기초에 구멍이 뚫린 부
분을 차근차근 손질하는 작업부터 새로 시작해야 할 것 같습
니다. 그래서 민예총 문예아카데미에 '오페라 감상'도 시작했
고요. 내일은 좀더 생각을 가다듬어서 쓰겠습니다.
내내 건강하시기를 기도하면서, 총총.
맏이 올림.

어제는 제가 너무 주제넘은 말씀을 드린 듯합니다. 아버님의 낙관의 힘이 모든 걸 뚫고 여기까지 오실 수 있게 하신 거겠지요. 그럼에도 때로 그것이 공허하게 느껴질 때가 있습니다. 특히 좌절이 심한 시절에는 현실로부터 유리된 것처럼 느껴져, 사람들의 기대를 모으고 의지할 대상을 찾는 대중의 마음을 끌어모으기엔 어딘가 비현실적으로 보이기도 했지요.

배우 성근에게 언젠가 이런 얘기를 해준 적이 있습니다. 배우는 단순히 특정 역을 소화해 내는 연기자가 아니다. 그는 시대의 표상이고 그 시대 대중이 바라보는 이미지다. 김승호가 우상이었던 시절과 신성일이 우상이었던 시대는 다르다. 지금은 아예 그런 표상이 없는 시대지만 우리 시대 대중의 표상을 창출하는 일은 중요하다. 배우는 아무 역이나 해서는 안 된다…… 이런 얘기를요. 성근이 얼마나 이 말을 알아듣고, 그런 배우가 되려고 애쓰고 있는지는 잘 모르겠습니다. 나름대로 이 시대를 진지하게, 정신 바짝 차리고, 대충대충이 아닌 자세로 살아가는 모습을 심어나가고 있다는 생각은 듭니다.

정치인도 바로 그런 모습으로 자신을 위치지워야 할 텐데, 우리 정치인들은 어떤지 모르겠군요. 민족의 표상이 될 지도자가 누구일까요? 진정 민족의 아픔을 같이하고, 그것을 넉넉히 껴안고, 크게 위로하여 줌으로써 새롭게 위기에 처해 있는 남과 북의 경제적 활로를 열어가는 인물이어야 하지 않겠습니까? 제가 김 주석에게 정치·군사회담과 함께 경제 교류 등 남쪽이 주장하는 교류를 동시에 추진하라고 권했던 것도 이런 시각에서였습니다. 북은 지금 제 충고대로 하고 있는데 정부 안의 반통일 세력은 경제 교류까지도 계속 제동을 걸고 있지 않습니까?

서 목사와 통일 비용이 엄청나다는 것을 부각시켜서 국민의 통일 열기를 식힐 게 아니라 통일과 함께 돌아올 경제적 혜택이 얼마나 큰 것인지를 알려서 국민의 통일 열기를 높이는 게 옳지 않을까요?

김낙중 선생처럼 분단의 피해가 얼마나 큰지를 국민에게 알리는 것도 중요하지만 통일과 함께 우리가 얼마나 커질 수 있느냐를 알리는 게 더 적극적인 방법이 아닐까 싶군요. 경제적으로도 엄청나게 커지지요. 우리의 정치적 위상도 높아지고 발언권도 커지며 해야 할 몫도 커집니다. 정신적·문화적으로도 엄청나게 큰일을 해낼 수 있습니다. 잘 사는 지구의 북반구와 못사는 남반구 사이에서 창조적 조정자 역할까지 할 수 있다면 더 바랄 게 없겠지요. 적어도 그만큼 커지려는 의욕을 가지고 통일에 다가서야 하지 않을까요?

늘 건강하시길,

맏이 올림. 

한 달 전에 창살 면회 때 뵈었을 땐 잘 몰랐는데 오늘 보니 많이 못해지신 것 같아 마음이 편치 않습니다. 얼굴도 손도 전보다 많이 부으신 것 같고, 입 모양도 영 좋지를 않네요.

밖의 사람들이 당하는 일은 또 그 나름대로 어려움이 있습니다. 중요한 시기를 맞아 나름대로 전열을 가다듬어 무언가 열심히 해보려 했는데 그 일 자체도 마음대로, 신나게 해보지 못하고 결과까지 그렇게 되었을 때 겪게 되는 실의는 참으로 큰 것이라 하겠습니다. 저희 문예운동이야 늘 문예라는 일상 활동이 구해주는 것이지만, 정치운동하는 분들의 그것은 더욱 크다고 하겠습니다.

그들에게 힘을 내지 못한다고만 질타하는 것은 옳지 않을 것 같습니다. 물론 스스로 점검하고, 새롭게 전력을 평가하고 새롭게 딛고 일어나는 일이야 그들 스스로 해내야 할 과제겠지요. 그러나 그 운동을 아끼는 주변의 사람들이 말을 보태고 뜻을 보태고 해서 일어날 수 있도록 격려, 촉구하는 것도 중요한 일이라 생각됩니다. 또한 어려운 처지에 놓였을 때 옛 동지요 스승인 선배에게 사실을 고하고 말씀을 청하는 것은 모든 일이 새 국면으로 넘어갈 때 꼭 거쳐야 하는 당연한 순서이기도 하고요.

아버님 모습을 스스로 보실 수 없듯, 아버님의 위치도 당신 보시는 것과는 아주 다른 많은 의미와 측면, 중요성 등을 갖고 있으리라 여겨집니다. 방북이 당신이 재야를 대표해서 결단하신 것이듯, 이제 나오셔서 하실 일들도 같은 의미를 띠지 않을 수 없겠지요. 그리고 마땅히 하실 것으로 후배들이 기대하는 과제나 말씀을 피하실 때, 후배들에게는 실망과 낙담까지도 가져다 줄 수 있을 것입니다.

건강에 관한 말씀도 그렇습니다. 후배들이 다른 일에 관한 자문, 의견, 지도를 구하고 있을 때 건강을 운운하시는 것은 기대를 어기는 것, 회피하는 것, 책임을 방기하는 것으로 받아들여질 수 있지 않을까요? 결정적 순간에 선문답으로 빠져나가는 분들을 얼마나 싫어하셨습니까?

저도 그동안 안타까운 일들을 많이 겪다 보니 자꾸 이런 글이 쓰여집니다. 근태도, 누구도 모두 옆에서 보기에 안쓰럽기 때문입니다.

아버님의 석방을 모두 당연한 것처럼 말들 하지만 저는 내심
두렵기도 합니다. 아들이기에 드릴 수 있는 말씀으로 받아주
십시오.
마지막 추위 잘 이겨내시길 기도하며,
맏이 올림. 

하나가 된다는 것은

2003년 5월 19일 1판 1쇄

글쓴이 : 문호근

기획·편집 : 류형식·강현주
디자인 : 김수미
마케팅 : 정한성
제작 : 박찬수·차동현

출력 : 한국커뮤니케이션
인쇄 : 대원인쇄
제책 : 명지문화

펴낸이 : 강맑실
펴낸곳 : (주) 사계절출판사
등록 : 제8-48호
주소 : (110-062) 서울시 종로구 신문로 2가 1-181
전화 : (02)736-9380(대표) | 전송 : (02)737-8595
홈페이지 : www.sakyejul.co.kr | 전자우편 : skj@sakyejul.co.kr

ISBN 89-7196-956-3 03800